A última flor de abril

A última flor de abril

Alexandre Azevedo ✷ Carlos Augusto Segato

ILUSTRAÇÕES DE Eldes

Conforme a nova ortografia
1ª edição

Copyright © Alexandre Azevedo &
Carlos Augusto Segato, 2012

Gerente editorial: ROGÉRIO CARLOS GASTALDO DE OLIVEIRA
Editora-assistente: KANDY SGARBI SARAIVA
Coordenação e produção editorial: TODOTIPO EDITORIAL
Preparação de texto: LEONARDO ORTIZ e CRISTINA YAMAZAKI
Auxiliar de serviços editoriais: FLÁVIA ZAMBON
Estagiária: GABRIELA DAMICO ZARANTONELLO
Suplemento de atividades: MARA DIAS
Revisão: BÁRBARA PRINCE e RAÍSSA NUNES COSTA
Produtor gráfico: ROGÉRIO STRELCIUC
Gerente de arte: NAIR DE MEDEIROS
Projeto gráfico e capa: LEONARDO ORTIZ
Impressão e acabamento: Bartira

Dados internacionais de Catalogação na Publicação (CIP)
(Câmara Brasileira do Livro, SP, Brasil)

Azevedo, Alexandre
   A última flor de abril / Alexandre Azevedo & Carlos
Augusto Segato; ilustrações de Eldes de Paula Oliveira— 1.
ed. — São Paulo: Saraiva, 2012. (Coleção Jabuti).

ISBN 978-85-02-17199-2

1. Ficção — Literatura infantojuvenil I. Segato, Carlos
Augusto. II. Oliveira, Eldes de Paula. III. Título. IV. Série.

12-05450   CDD-028.5

Índices para catálogo sistemático:
1. Literatura infantojuvenil 028.5
2. Literatura juvenil 028.5

5ª tiragem, 2018
CAE:571420

Saraiva Educação Ltda.

Rua Henrique Schaumann, 270
CEP 05413-010 – Pinheiros – São Paulo-SP

SAC | 0800-0117875
De 2ª a 6ª, das 8h30 às 19h30
www.editorasaraiva.com.br/contato

Todos os direitos reservados à Saraiva Educação Ltda.

202421.001.005

Impressão e acabamento:Bartira

Sumário

Parte I

A rua Durão, 9 | Inferno na torre, 11 | O combate que entrou para a história, 13 | Orozimba, 16 | Dia seguinte, 21 | Uma terra proibida, 23 | Seu Quem-Quem, 24 | O portuga, 26 | Desafiando o perigo, 30

Parte II

Enquanto a bola rolava outra vez, 37 | Era uma vez um jardim, 39 | A rua em polvorosa, 40 | Surge um plano, 43 | A prisão subterrânea, 48 | Voltando ao casarão, 52 | O vigia noturno, 55

Parte III

O outro lado da passagem, 61 | Dentro do cativeiro, 62 | O delegado Rui Macedo, 67 | Em busca do delegado, 70 | O encontro, 73 | Enquanto isso, no cativeiro..., 75 | Rebuliço no antro, 79 | A prisão, 81 | Um certo senhor Éverton, 83 | O tira-teima, 88 | E assim chegou abril, 90

Parte

I

A rua Durão

Era um beco com quinze ou vinte casinhas e terminava numa velha mansão protegida por um muro caiado. Foi entre aquelas fachadas desbotadas que tudo aconteceu. Naquele tempo não havia internet nem *video games*, e as brincadeiras aconteciam na rua mesmo, onde a molecada se reunia para jogar bola ou rodar pião. À frente das casas erguiam-se castanheiras recheadas e flamboaiãs altivos, que jogavam ramos cheios de franjas sobre os muros. Apesar de tranquilo, o beco não ficava longe do centro da cidade. Uma placa com letras verdes informava aos visitantes que se tratava de uma "rua sem saída". Os moradores haviam tentado colocar um portão na entrada, como se ali pudesse ser um condomínio fechado, mas a prefeitura não concedeu a licença. Foi melhor. O lugar não levava mesmo jeito de propriedade particular. Ainda mais com aquele nome esquisito: rua Santa Rita Durão. Era lugar de moleques gritando, de bola correndo e sanhaços cantando.

O bom mesmo era que ao fundo, do lado direito, havia um terreno que um dia os meninos resolveram transformar em campinho de futebol.

Alguns moradores protestaram, principalmente o português da mansão, cujo muro fazia divisa com o terreno. Diziam que o campinho atrairia moleques de outras ruas, até de outros bairros.

– Vai acabar nosso sossego. A rua vai ficar infestada de moleques que a gente nem sabe de onde vêm! – Exaltava-se dona Carmela, uma das moradoras mais combativas.

Os meninos, no entanto, escolheram a estratégia de não entrar em confronto com os adultos. Fingiram que aceitavam a proibição. Mas no meio das tardes, quando os pais se distraíam ou se ausentavam, a bola de couro velho rolava na grama escassa entre um drible e um chute a gol, à sombra do casarão antigo.

Como não quebraram vidraças nem amassaram carros, os vizinhos foram aceitando as peladas aos poucos, inclusive dona

9

Carmela. E o terreno virou mesmo campinho. Só o sisudo português do casarão, que pouco aparecia na rua, é que não aceitava aqueles clássicos disputados ao lado do seu muro.

Aí alguém levantou a questão: afinal, quem era o dono daquele terreno? Até então ninguém havia se preocupado com isso. Quando o mais antigo morador havia se mudado, ele já estava ali. Fazia parte da rua e pronto.

– O jeito é ir até a prefeitura. Lá eles têm essa informação – disse o doutor Rogério, um advogado que morava na primeira casa do lado esquerdo.

No dia seguinte, ele mesmo conseguiu para os meninos a informação de que a propriedade pertencia a um senhor chamado Arnaldo de Mendonça, que morava num bairro chique do outro lado da cidade. Minutos depois, os garotos Edu, Pedrão e Celso tomaram um ônibus para aquele endereço.

Convencer o seu Arnaldo a permitir o uso do campinho foi mais fácil do que haviam pensado. Afinal, o terreno era uma herança de família e o proprietário ainda não tinha planos para ele. Pedrão, que era um dos mais velhos da turma, achou um argumento infalível:

– Ele vai ficar sempre limpo. Sem matagal, sem lixo, sem bichos nocivos...

Tudo acertado, os futuros atletas foram providenciar as traves e as redes. A essa altura, cada morador deu uma pequena contribuição. Sobrou até para comprar algumas bolas reservas. Depois, o Juca conseguiu a cal para fazer as marcações no campo.

O campinho então foi batizado como Arena Durão e inaugurado oficialmente com um jogo contra o time da rua Marechal Deodoro. A disputa acirrada terminou em empate: dois a dois. Fora o português do casarão, a rua estava em peso na torcida, naquela manhã de domingo. E foi aos céus quando, no último minuto, o Robério avançou pela meia-direita e fuzilou o canto esquerdo do gol inimigo para espantar a derrota, que parecia inevitável.

Isso evidenciava que a vizinhança já havia adotado o time, menos seu Miguel, o português, que continuava furando, implacável, todas as bolas que caíam no seu quintal.

Inferno na torre

Quase um ano depois da inauguração da Arena, um táxi encostou na frente de uma casa desocupada no centro da rua e dele saltaram três pessoas da mesma família.

Passados alguns minutos, chegou um caminhão de mudanças com placa de Minas Gerais. Da boleia, pelo lado oposto ao do motorista, um rapaz magro e alto saltou para a calçada. Quase deu de cara com Pedrão, que estava ali em busca de novidades.

– Saíram de Minas hoje cedo? – perguntou ao jovem forasteiro.

Outros garotos foram aparecendo. Edu e Celso vieram acompanhados de Aninha e Marina. O recém-chegado surpreendeu-se, e seus olhos claros brilharam com vivacidade:

– Foi – respondeu o menino. – Uai, mas como é que você sabe? Ah, a placa do caminhão...

As meninas se encantaram com o sorriso dele, ao contrário dos garotos, que ainda não haviam deixado de lado uma larga desconfiança. Pedrão riu e fez que não com a cabeça. Apontou para a camisa que o recém-chegado usava, do Atlético Mineiro, presente do padrinho que morava em Belo Horizonte. Pedrão era mais forte do que o mineiro, mas não era mais alto.

– Prazer, eu sou Zé Roberto – apresentou-se.

– Eu sou Pedro Lourenço. Mas pode me chamar de Pedrão. Rapaz, pela sua altura, você podia ser jogador de basquete.

Os dois tinham a mesma idade: treze anos. Ficaram amigos na mesma hora. Ainda mais depois da resposta de Zé Roberto, no acentuado sotaque mineiro:

– Nada, sô! Gosto é de futebol mesmo.

Quando Pedrão se lembrou de apresentar os amigos, os móveis já começavam a ser carregados para dentro da casa. Zé Roberto foi chamado para ajudar na arrumação da mudança e prometeu voltar à rua depois, quando algumas coisas já estivessem em ordem. Por isso, mal gravou na memória o nome dos novos vizinhos: Celso, Edu, Supimpa, Juca...

O tempo passou, os meses avançaram, e Zé Roberto era cada vez mais assíduo nas peladas da Arena Durão. A maior parte dos colegas de bate-bola ainda eram arredios com ele. Viam seu jeito simpático e polido como uma ameaça à liderança do grupo, que já era disputada por Celso e Edu.

Mas aos poucos ele foi ganhando a amizade dos garotos. Teve o caso do Juca, por exemplo: ruivo e magrelo, tímido que só ele, tinha um apelido que detestava. Chamá-lo de Inferno na Torre era comprar briga na certa. Até as sardas do rosto dele – que não eram poucas – pareciam ferver diante do insulto.

Pois numa das peladas o Zé Roberto, furioso com seus passes errados, deixou escapar:

– Presta atenção no jogo, Inferno na Torre!

A bola parou de rolar por um intervalo que parecia infinito. O Juca ficou onde estava, com todos os dentes da boca rangendo de raiva. Tremia e respirava fundo. Na verdade, todos os outros jogadores prenderam a respiração. Era briga à vista.

Silêncio. Tensão. Celso pensou até em um duelo.

Mas tudo o que o Juca respondeu foi:

– Você também está sendo fominha lá na frente. Vê se passa mais a bola!

E ficou por isso mesmo.

O Pedrão e o Edu se entreolharam. Não entenderam nada. Era a primeira vez que o Juca deixava barato o desaforo. Mas o Celso, que não era bobo, sacou que o Zé Roberto já ganhara até a difícil amizade do Juca.

O combate que entrou para a história

O dia de mais um jogo contra os rivais da rua Marechal Deodoro estava se aproximando. Até ali o time da rua Santa Rita Durão era freguês de carteirinha. De nove partidas amistosas disputadas – que de amistosas tinham muito pouco –, havia ganhado uma, num dia de chuva em que metade do time adversário faltou, e empatado duas. Tinha perdido todas as outras. E duas de lavada. Foi nesse clima que os garotos se reuniram para decidir se convidavam o Zé Roberto para fazer sua estreia no time. Porque uma coisa era jogar os rachinhas, e outra, muito diferente, era jogar com a camisa do Santa Rita contra o time da Marechal. Aquilo, sim, era coisa séria. Edu, Celso e Andrezão eram contra a entrada do Zé Roberto. Ninguém ali queria ficar dando moral para aquele rapaz que, além de exibido, era convencido.

– Vamos simplesmente ignorá-lo – conclamou Celso.

Juca e Pedrão eram a favor de o Zé Roberto entrar. O resto era indiferente. Alguns até achavam que ele podia ficar na reserva, porque seria mais um para entrar na briga que fatalmente acontecia ao final de cada "amistoso".

– Tá bom – disse o Juca. – Mas deixem o cara só no banco.

Celso e Supimpa concordaram. Como o Andrezão acabou cedendo, Edu não teve outro jeito. O time entrou em campo e o Zé foi para a reserva.

O primeiro tempo terminou com dois a zero para o adversário, que tinha um ataque rápido e agressivo. No gol, o Celso se virava como podia, e já havia levado outras duas bolas na trave. No intervalo, Aninha e Marina gritaram da beira do campo: "Põe o Zé Roberto!".

O grito encontrou eco na voz de dois pais que assistiam ao embate.

– Põe o Zé Roberto! – repetiram.

Finalmente, até o pai do Edu, que nada sabia da rivalidade entre eles, concordou:

– Zé Roberto é a solução!

Edu rangeu os dentes de raiva, como se dissesse "Até tu, meu pai?", e balançou a cabeça, aceitando o golpe.

– Tá bom! Põe o Zé Roberto.

Foi assim que ele acabou entrando no lugar do Tiquinho, um atacante franzino que nem morava na rua, e sim numa travessa próxima. E o jogo foi para o segundo tempo. Para espanto de todos, recomeçou com o time da Santa Rita Durão partindo para cima do inimigo, e agora com vontade redobrada.

A bola caía nos pés do Zé Roberto e ele encarava o marcador. Driblava, passava, avançava. O Andrezão, entrando em diagonal, começou a receber a bola de frente para o gol. No segundo passe que recebeu, acertou um chutaço na trave do time da Marechal.

Depois foi o Supimpa que roubou uma bola no meio de campo e a passou para o Zé Roberto avançar e vencer o goleiro deles: dois a um. Justo o Zé Roberto.

Pressentindo o bom momento, o avô do Celso mandou buscar uma caixa de rojões, que ainda estava a caminho quando a esquadra da rua Durão arrancou o empate num passe do Andrezão para o Edu, que tocou por cima do goleiro. A torcida foi ao delírio.

O jogo corria quente. Andrezão e Zé Roberto encaravam as divididas feias dos adversários. O árbitro fazia vista grossa. Edu levava uma falta e retribuía com juros na jogada seguinte.

O pai do Juca mandou comprar uma caixa de cerveja, porque aquela tarde de sábado merecia. Nunca se vira o Santa Rita jogar tão bem contra um adversário duro como aquele. Era bola na trave pra lá, defesa milagrosa pra cá. Chegou mais uma caixa de rojões. E o tempo se esgotando.

No último minuto, o Zé Roberto fez um lançamento para o Juca, que tirou do goleiro e ia marcar, quando levou um rapa por trás:

– Pênalti! – gritou, em coro, metade do público presente.

O juiz, que pretendia fazer vista grossa outra vez, correu os olhos disfarçadamente em volta do campo. O coro veio mais forte, agora ensurdecedor:

– Pênalti!

Não tinha outro jeito, era pênalti mesmo. Comemoração geral. Mas dentro de campo surgia um problema: quem seria louco de encarar aquela cobrança?

Edu e Andrezão se entreolharam e engoliram em seco. Robério disfarçou. Supimpa fez que não era com ele. Juca olhou para cima, buscando a resposta nas nuvens. Quem chutasse a bola se transformaria em herói ou vilão, dependendo do resultado da batida.

Por isso nem perceberam o Zé Roberto caminhando para a marca do pênalti com a bola debaixo do braço. Sereno, senhor de si, como quem vai comprar um picolé na padaria da esquina.

– Ei! – gritou Edu. – Quem deixou o senhor cobrar?

Zé Roberto, impávido, estendeu o braço – com a perigosa bola, claro – na direção do Edu e perguntou, com a maior inocência do mundo:

– Uai, quer bater ocê?

– Bom, já que tomou a frente, agora bate você mesmo.

Silêncio total. Último lance do jogo. Até as moscas da Arena Durão estavam imóveis. Todos os dedos estavam cruzados. Não se ouvia nem pensamento naquele momento crucial. Aliás, os pensamentos não podiam ser ouvidos, mas podiam ser adivinhados.

Até mesmo um vulto misterioso surgiu à janela do também misterioso casarão para assistir ao dramático desfecho.

Bola na marca do pênalti. O arqueiro adversário se agigantava e parecia tomar conta de todo o gol, de trave a trave, sem deixar esperança de a bola entrar.

Zé Roberto caminhou, decidido, e mandou com classe para o canto esquerdo, sem chance para o goleiro, que se jogara tristemente – todo goleiro é triste nessas horas – no lado oposto.

Ele nem foi buscar a bola no fundo da rede. Uma chuva de rojões e gritos comemorou a quebra do jejum de dois anos. Finalmente o Santa Rita havia derrotado o Marechal Deodoro numa tarde histórica, como lembraria o avô do Celso por muito tempo. Três a dois, de virada!

Ninguém percebeu o time adversário se retirando cabisbaixo para a sua sede, a três ruas de distância. Naquele momento, Zé Roberto – que saía de campo carregado e ovacionado pela galera – havia virado um líder e, mais do que isso, um herói da valente juventude da rua Santa Rita Durão.

Não havia quem não quisesse tocá-lo, admirá-lo, cumprimentá-lo...

Bem, só uma pessoa, o Edu, não estava muito entusiasmado com aquela badalação toda. Mas deixou pra lá. Aquela vitória era para ser mesmo muito comemorada.

Orozimba

Os meses se passaram. Ninguém mais conseguia escalar o time do Santa Rita Durão sem o Zé Roberto comandando o meio de campo. Aliás, para dizer a verdade, a Arena não era tão grande quanto seu pomposo nome. Ali, um time para jogar completo tinha de ter sete na linha mais o goleiro. Qualquer morador do bairro sabia a escalação de cor: Celso, Juca, Sandoval e Supimpa; Pedrão e Zé Roberto; Andrezão e Edu. Um timaço!

Depois, no correr dos jogos, podiam entrar o Robério, o Tiquinho e outros valentes guerreiros...

Nunca mais o Santa Rita havia pagado vexame contra o time da Marechal. Depois que o Zé Roberto entrou para o grupo, foram mais quatro jogos, com uma vitória para cada lado e dois empates. Vieram adversários de outros bairros e o Santa Rita também fez frente a eles sem medo de cara feia. Só um inimigo ainda ganhava deles de lavada: o português do casarão do fim da rua.

Fazia tempo que seu Miguel havia chegado à marca das dez bolas destruídas. Depois disso, pararam de contabilizar as perdas, de tanta dor no coração. Ninguém aguentava mais o vizinho hostil. Mas nada se podia fazer contra a filosofia que o homem havia adotado: "Caiu para cá do muro, já era!".

E ele não fazia questão nenhuma de ser amigo de nenhum morador da rua. Sujeito estranho!

Das poucas vezes que o português saía à porta, estava sempre com a pelota em uma das mãos e uma faca em outra. Uma faca de cozinha, um punhal fatídico, de meter medo até em vilão de filme de terror. Não que os meninos não resistissem. Pedrão levantava a voz diante dele:

– Isso é covardia, seu Miguel!

– Quem és para falar assim comigo, rapaz?

E introduzia lentamente a pavorosa ponta da arma, sempre muito amolada, na bola, que ia murchando aos poucos, como uma enorme fruta apodrecendo em segundos. Assim, o objeto mais importante do jogo ficava inutilizado para sempre.

Pior de tudo era ver a maldade brilhando nos olhos frios do terrível vizinho.

Com ele, qualquer tentativa era sempre infrutífera: negociar nunca dava certo e enfrentá-lo sempre era um tiro na água. Restavam os palavrões, que os meninos descarregavam em desabafo, sempre no aumentativo, e cujas rajadas só silenciavam alguns minutos depois de o português sumir.

Algumas vezes, era Zé Roberto que tentava argumentar:

– O senhor não respeita nossa brincadeira, seu Miguel!

– Ora, quem és tu para me dizer isso? O que sabes da vida? E da minha vida? Tenho muito trabalho para fazer e essa algazarra me atrapalha!

– Mas a gente só tem este campinho para jogar, seu Miguel... – Dessa vez, foi o Robério que insistiu.

– Pois então procurem outro! Até à noite vocês fazem barulho!

– Foram só algumas vezes, seu Miguel! – lembrou o Juca.

Mas o lusitano já havia batido o portão e sumido no casarão.

No mais, o "anjo da guarda protetor dos peladeiros" parecia estar quase sempre atento, no alto do muro, cuidando para que a bola não passasse para o lado de lá. Quantas vezes ela foi espalmada pelo goleiro, rodopiou pra lá e pra cá, pipocou no último tijolo, mas voltou para a cancha dos meninos!

De vez em quando, porém, acontecia de o anjo cochilar um pouquinho, e era o que bastava para a pelota fazer a viagem sem volta ao território proibido. Como naquele rachinha, pouco depois do jogo de inauguração da Arena Durão. Zé Roberto já era titular e herói, mas ainda não tinha sido completamente aceito como líder do grupo, um posto que o Edu relutava em abandonar.

E lá estava a bola, caída para sempre do outro lado do muro. Como a pelota tinha sido despachada num chute de Zé Roberto, Edu resolveu desafiá-lo:

– Se você é macho mesmo, vá lá e recupere a nossa bola. Foi você quem chutou.

– Não vou. É a primeira vez que eu chuto para o quintal do portuga. E das outras vezes...

– Das outras vezes o quê?

– Por que você não mandou os outros buscarem a bola?

– Quer saber? Você é um enganador. Um banana!

Os companheiros começaram a formar uma roda em torno deles. Zé Roberto respondeu:

– Banana é a vó! Já que é metido a maioral, por que não pula ocê?

– Vou te mostrar quem é o maioral, seu vermezinho! – gritou Edu de volta, arrancando a camisa e chamando o rival para a briga.

Zé Roberto o encarou em silêncio. Também arrancou a camisa e falou, com toda a calma:

– Pois pode vir, que eu tô pronto,... Orozimba!

Edu perdeu a fala e a cor do rosto. Uma quietude de tirar o

fôlego pairou sobre o grupo por alguns momentos. Depois, Edu começou a ficar vermelho e encheu a boca para gritar os piores palavrões que conhecia.

Era a maior ofensa que poderia ter recebido. Fazia muito tempo que não ouvia aquele apelido horrível, adquirido na escola havia alguns anos, num lance infeliz que queria esquecer.

Ninguém se atrevia a chamá-lo cara a cara por aquele nome. E agora, tanto tempo depois, pensava que o apelido já havia caído no esquecimento. Mas não. Agora aquele abelhudo mostrava a todos que não apenas conhecia aquela alcunha detestável como tinha coragem de repeti-la na frente da turma.

E pela primeira vez a turma estourou numa gargalhada sem freios. Cego de raiva, Edu avançou com os punhos cerrados.

Mas o rival já estava preparado. Defendeu-se dos golpes, esquivou-se e passou pelo ofendido colega de time.

– Ei, vamos parar com isso! – pediu Pedrão.

Edu já investia outra vez na direção do oponente.

– Chega! – pediu Celso.

Zé Roberto se esquivou outra vez dos golpes. Descontrolado, Edu gritou:

– Volte e lute! Você é um homem ou um pé de alface?

Algumas risadas miúdas despontaram da plateia. A rodinha dos jogadores já havia virado plateia mesmo. E mais gente chegava para ver o que estava acontecendo. Foi quando Zé Roberto falou:

– Tá nervosinha, hein, Orozimba?

Uma nova onda de gargalhadas ecoou de todos os lados.

Naquele momento, Edu parou. Percebeu que havia perdido tudo. A briga, o confronto com Zé Roberto, a dignidade e a liderança do grupo. A turma estava agora do lado do outro. Edu caiu em si: estava fazendo papel de bobo. O melhor era uma retirada estratégica.

Mais pessoas vinham chegando. Zé Roberto poderia repetir o apelido indesejado, e aí ele pegaria de vez, viraria sinônimo de

Edu. Quando Pedrão insistiu para que parassem, Edu sussurrou para o rival, em tom baixo e autoritário:

– Você me paga, desgraçado!

Pura cena. Melhor que não voltassem mais ao assunto. Juca aproveitou o momento:

– Tá na hora de ir embora mesmo, pessoal. Tá tarde.

– É, amanhã tem mais... – concordou Supimpa.

E assim os garotos se retiraram um a um. Não ficariam relembrando o episódio e o apelido de Edu depois daquele dia. No entanto, agora não havia mais nenhuma dúvida a respeito de quem era o novo líder da rua.

Dia seguinte

Como eram um grupo de amigos e uma equipe de verdade, aquela indisposição entre Zé Roberto e Edu mal durou uma noite. Antes de a bola voltar a rolar, na outra tarde, Zé Roberto pediu desculpas, um tanto envergonhado. Edu aceitou, também cabisbaixo.

Estavam diante do grupo, o mesmo que havia se sacudido em gargalhadas na tarde anterior. Desta vez, ninguém riu.

– Seu safado! – murmurou Edu. – Não me deu tempo para pedir desculpa primeiro.

Os demais companheiros aprovaram a resposta bem-humorada. Quando os dois apertaram as mãos, todos aplaudiram aquela elegância.

E pouco depois chegaram as duas torcedoras mais fanáticas do Santa Rita: a Marina e a Aninha.

Marina era irmã de Edu, dois anos mais nova. Seus cabelos negros faziam Zé Roberto lembrar da índia Iracema, personagem da literatura brasileira: "mais negros que a asa da graúna". Lindos. O seu professor de Português do ano anterior havia falado sobre o romance de José de Alencar, e até mesmo lera um trecho das páginas iniciais, onde havia a descrição da heroína morena.

Ele gostava de ler, embora sua natureza agitada não lhe deixasse muito tempo para isso. Mas ficara admirado de ver como o autor, que vivera no tempo do Império, conseguira escrever uma história que se passava ainda muito antes da sua própria época, no tempo em que o Brasil começava a ser colonizado. A índia Iracema era apaixonada por Martim, de sangue português. O professor havia explicado que por meio dessas personagens Alencar procurava representar a união dos dois povos na formação do Brasil.

Marina tinha também uns olhos enigmáticos, que às vezes pareciam estar à procura dos dele. E bastava isso acontecer para que aquele rapaz atirado, agora líder da turma da rua Santa Rita Durão, desabasse. Perdia o jeito, desviava o olhar, ficava sem assunto, e as faces logo ganhavam uma estranha cor avermelhada.

A garota fingia não perceber. Mas, em suas confidências com a melhor amiga, volta e meia se surpreendia falando sobre como o achava interessante. Essa amiga era a tagarela Aninha, que usava uns óculos grandes e redondos e vivia no mundo da lua. Seus amigos a achavam apenas engraçada, sem imaginar que era uma garota inteligente e romântica. Quando compartilhava segredos com Marina, portanto, não podia evitar uma pontada de inveja pela sorte da amiga. Não é preciso dizer que em sonhos trocava olhares enviesados com um rapaz bem-apanhado como Zé Roberto.

Por falar em Zé Roberto, naquele exato momento a pelada estava para começar e o Supimpa perguntou quem havia trazido a bola nova.

– Bola nova? Que bola nova? – perguntou Pedrão, titular do meio de campo.

Quase ninguém se recordava de que, na tarde anterior, haviam perdido mais uma bola. Com o fervor da quase briga, os ânimos acirrados e a maneira tensa como o treino havia terminado, tinham se esquecido de que...

– A última bola que restava foi parar ontem no quintal do portuga... – relembrou o Sandoval.

– Ih, é mesmo! – confirmou Robério, decepcionado.

– E isso quer dizer que... – ia começando Sandoval.

– A bola já não existe mais. Pelo menos não na mesma forma de ontem – prosseguiu Andrezão.

– Porque o vizinho já... – terminou Supimpa, completando com uma mímica que fez os companheiros visualizarem o lusitano fincando a faca sem dó no couro da pelota até que ela ficasse completamente estraçalhada.

– Mas não custa verificar, uai! – respondeu Zé Roberto.

– O quê? – o resto do grupo retrucou em coro.

Uma terra proibida

Quando o líder da turma escalou corajosamente o muro, o Celso e o Pedrão ainda esfregavam os olhos, demorando a acreditar no que viam.

Ninguém nunca havia ousado chegar ao topo do muro, que, por sinal, era o mais alto do bairro. Medo de ser recebido por uma bala, uma facada ou, sabe-se lá, qualquer outro tipo de violência da parte do portuga.

Como nada havia acontecido com Zé Roberto, Celso escalou o paredão para lhe fazer companhia. E não acreditaram no que viram.

– Ela... ela... – gaguejou o Celso.

– Ele não viu a bola cair ontem – concordou Zé Roberto. – Ou estava muito ocupado para estripar a nossa bola.

Lá estava ela, majestosa, num dos canteiros do jardim. Inteirinha da silva. Intacta! Por meio de sinais, a dupla transmitiu a novidade ao grupo.

– Vai ver ficou doente – sussurrou Pedrão, já ao pé do muro.

– Não – discordou Juca, chegando ao lado dele. – Isso está me cheirando a outra coisa.

– Que outra coisa?

– Armadilha – respondeu ele.

– Armadilha! – ecoou Edu.

– Armadilha! – sussurraram todos em uníssono, inclusive os dois que estavam no alto do muro.

– Dar a volta e entrar pela fresta do portão da frente do casarão nem pensar...

– O portuga tá querendo pegar a gente!

– Deve estar só esperando o primeiro de nós pular o muro. Aí, zás! – disse o Juca, sentindo um calafrio.

– Tá na cara. É uma cilada!

– E o que é que a gente faz agora? – perguntou o Pedrão, esticando o pescoço, como se assim pudesse olhar para além do muro.

Foi o Celso quem teve a melhor ideia:

– Vamos vencer o velho pelo cansaço.

– Isso! – aprovou Juca. – Aí ele se cansa de esperar. E quando vier ao jardim cuidar das flores, a gente tira o maior sarro dele.

Todos concordaram. Zé Roberto e Celso voltaram para a cancha.

– E aí, Zé? Conta aqui para nós, como é o quintal do portuga?

– É muito bem cuidado, gente. Eu nunca podia imaginar que ele tivesse tantos canteiros com flores diferentes...

– Ora, quem é que está interessado em flores? – tentou diminuir Edu. – Eu só quero a nossa bola de volta.

– Mas o portuga é mesmo fissurado nelas... – murmurou Celso, igualmente impressionado.

Então alguém foi providenciar uma bola substituta para que o rachinha da tarde pudesse acontecer. Enquanto isso, seu Quem-Quem apontava preguiçosamente na esquina.

Seu Quem-Quem

Ele costumava aparecer por volta das três da tarde. O apelido tinha nascido ali mesmo, nas imediações do campinho, por causa da buzina do carrinho de picolé, que emitia aquele som inconfundível: *cuem-cuem*!

Quando ele chegava, os moleques largavam o bate-bola e saíam em disparada, perguntando pelos sabores do dia.

Debaixo de um boné que um dia tinha sido branco, o rosto maltratado do picolezeiro sorria com certa tristeza. As rugas marcavam sua pele queimada pelo trabalho ao sol. Um pouco mais abaixo, uma barba rala mal cobria o queixo fino. Quando conversava com os jovens fregueses da rua, não era difícil notar os dentes castigados pelas cáries.

Num caderninho tão encardido quanto o boné, anotava as pendências dos garotos. Cada um tinha sua própria página: Pedrão, Robério, Edu, Juca, Zé Roberto, Aninha, Marina, Supimpa...

À sombra de uma pequena árvore no canto da Arena, descansava o carrinho, que ia atendendo a todos, por ordem de chegada. Um picolé de abacaxi para o Andrezão, um de manga para o Pedrão, um de goiaba para o Juca. Conhecia de cor a preferência de cada um deles. Até mesmo de quem escolhia os sabores coca-cola e bocaiuva. Esse último, no entanto, raramente era pedido.

– Tem gosto de mosquito – havia definido o Supimpa certa vez.

Cada picolé entregue correspondia a uma anotação no caderninho esmigalhado: Zé Roberto, dois; Supimpa, três; Aninha, um; Juca, quatro...

O Robério invariavelmente reclamava de erros na soma.

No entanto, seu Quem-Quem não errava nunca. Podia escrever até Santa Rita com cê e cedilha, mas era fera em adição. No final do mês, passava para receber as contas. Quem não pagasse recebia uma visita em casa no dia seguinte. E o devedor, constrangido diante dos pais, acabava desembolsando parte da mesada. Ou renegociando a dívida, dessa vez com a garantia paterna.

– De calotes, chega os dos moleques da Marechal – seu Quem-Quem desabafava, para orgulho da turma da Santa Rita Durão.

O portuga

E o vizinho do misterioso casarão? Quem era, afinal, o homem que aterrorizava os atletas da rua?

Zé Roberto, Pedrão e Celso tinham resolvido investigar um pouco mais o desalmado destruidor de bolas alheias. Começaram a fazer perguntas aos moradores mais antigos ou aos mais bem relacionados do bairro. Mas as meninas, Aninha e Marina, foram mais espertas. Procuraram logo dona Carmela, que se enquadrava nos dois quesitos. Aliás, ela era a grande fonte de informações da rua.

Assim elas ficaram sabendo que o senhor Miguel de Alcântara Barbosa orgulhava-se de ter nascido em Póvoa de Varzim, a terra do escritor Eça de Queirós. Viera para o Brasil cinquenta anos antes, mas ainda guardava o forte sotaque de além-mar. Dona Carmela garantiu que ele era um homem com uma boa formação escolar.

– Só é um pouco excêntrico. Talvez por causa da solidão e da vida dura que levou durante muito tempo. Ele teve uma infância pobre, precisou trabalhar muito para chegar aonde chegou. É um pouco impaciente com os vizinhos. Mas é um homem bem informado. Conhece literatura, atualidades, ciências. E botânica então, nem se fala.

– É, dá pra ver que ele gosta muito de plantas... – concordou Aninha.

– Foi ele quem me explicou que o tal Santa Rita Durão, que dá nome à nossa rua, foi um frei e um escritor importante do século XVIII, autor do poema "Caramuru" – continuou dona Carmela.

– Poxa! – espantou-se Marina.

Outro vizinho confirmou a Celso que o portuga era um homem sentimental, que sabia de cor várias estrofes de *Os lusíadas*, de Luís Vaz de Camões, escritor português do século XVI. Não era um velho maluco, como pensavam os meninos da rua.

O goleiro não se esquecia do dia em que viram o seu Miguel saindo próximo ao portão da frente do seu casarão, que dava para a rua vizinha. Com a bola nas mãos, ele se aproximou dos meninos e fingiu que ia devolvê-la. No último momento, porém, sacou do bolso da calça um pequeno canivete e fez vários furos no couro e na câmara, para desespero dos garotos.

Não cabe aqui reproduzir os palavrões indignados que recebeu ao atirar à calçada os trapos da bola. Mas essa era a vida contraditória do seu Miguel. Cultivava cuidadosamente canteiros com espécies raras de plantas, declamava sonetos clássicos da língua portuguesa para vizinhas nem um pouco interessadas em literatura e ainda era o estraga-prazeres da molecada.

Doutor Rogério, o advogado, contou que o jardim do seu Miguel era de uma beleza inacreditável. Primeiro ele havia usado o adjetivo "inefável", mas percebeu a tempo que a palavra poderia parecer estranha aos meninos.

Convidado várias vezes para conhecer aqueles famosos canteiros, ele não saberia lembrar o nome de nem um décimo das espécies.

– Orquídeas, begônias, gardênias, prímulas, rosas... mas não desses tipos mais comuns, que todos conhecem. Só espécies difíceis de serem encontradas. Tem uma flor de jambo-vermelho que é uma maravilha...

E o portuga conversava com cada uma delas. "Como passaste a noite, meu bem?", perguntava a um girassol. Ou a uma rosa: "Por que estás tão triste hoje, amor da minha vida?".

– Então o homem é mais doido do que eu pensava... – deixou escapar o Celso.

– Ou ele é muito mais sensível do que nós imaginamos... – arriscou Pedrão.

Quando recebia convidados, seu Miguel falava de suas espécies com toda a paciência do mundo. Se alguém elogiava seu jardim, então, ganhava sua amizade até o fim dos tempos. E, tal qual um professor de botânica, ia explicando:

– Esta flor aqui é um belo exemplar brasileiro das mirtáceas, cujo nome científico é *Syzygium malaccensis*.

– Puxa! E esta aqui?

– Ah, essa é uma poinséttia... Ela floresce nas regiões tropicais do hemisfério setentrional na época do Natal, entendeste?

O visitante poucas vezes conseguia compreender como uma flor tão bonita poderia ter um nome tão... esquisito. Para que falar *Chrysanthemum coronarium* se margarida-amarela era um nome muito mais singelo?

– Parece até que quem colocou nomes como esse quis disfarçar a beleza da própria flor... – completou o doutor Rogério, que, apesar da profissão, não era muito chegado aos vocábulos latinos.

Outro vizinho, seu Wilson, que também foi entrevistado pela dupla feminina, lembrou-se do dia em que fora chamado pelo seu Miguel para ajudá-lo a resolver uns problemas elétricos no casarão. Ele fazia algumas ligações no quadro de energia quando o toque da campainha os interrompeu.

O visitante era um homem de nome Roberval, que se dizia apaixonado por flores. Ficou no jardim por mais de quatro horas, perguntando o nome de cada uma delas, de cada botão. Seu Miguel, vaidoso e feliz, mostrava as espécies e explicava as características de cada uma.

Seu Wilson prosseguiu sozinho com a manutenção. Ao terminar, o português quis recompensá-lo pela ajuda.

– Que é isso, seu Miguel. Vizinho é pra essas coisas. Amanhã eu posso precisar do senhor...

– Não, seu Wilson, o senhor não sabe o quanto me ajudou. Imagine meus sistemas de irrigação sem energia! Olhe, tome isto – concluiu, oferecendo um envelope e um pacote pesado.

Seu Wilson ficou se perguntando quem seria o estranho visitante do seu Miguel. Ele havia demonstrado grande interesse pelas flores, mas não parecia ter o conhecimento do anfitrião. Ao final da conversa, o visitante presenteou o português com um livro de botânica holandês, ilustrado e encadernado em couro. Devia custar uma fortuna.

– Volte quando quiser, seu Roberval. Será um prazer! – gritou seu Miguel, entusiasmado, ao portão.

Porém, o visitante deixou escapar um estranho comentário assim que se afastou pela calçada:

– Droga, eu já conheço todas elas.

Pensou que estava sozinho, sem suspeitar de que seu Wilson tinha ouvidos de afinador de violino.

Aninha e Marina se entreolharam. O que será que o sujeito queria dizer com aquilo, depois de ter sido tão bem recebido no casarão? Uma coisa já dava para perceber: estavam enganados a respeito do portuga. Apesar de destruidor de bolas, ele tinha seu lado bom. Ou menos cavernoso...

– Seu Wilson, mas afinal de contas o que tinha no pacote e no envelope que o portuga deu para você? – perguntou Aninha.

– Meninas, vocês não vão acreditar. Duas garrafas de vinho no embrulho mais pesado. Portugueses legítimos, coisa fina!

– E no envelope?

– Tinha quatrocentas pilas em dinheiro. Eu cheguei a me sentir ofendido. Nem o eletricista mais explorador da cidade cobraria isso pelos pequenos serviços que eu tinha feito. E fiz pensando em ajudar o vizinho, só isso.

– Uau!

– Cheguei a fechar o envelope e sair para devolver, mas a minha esposa não deixou. Disse que eu não tinha roubado nada, que ele é que tinha dado esse valor para me ajudar. E, por sinal, a gente estava mesmo precisando de um fogão novo...

– Ah, entendo – disse Marina.

O trabalho das garotas detetives tinha chegado ao fim. Agradeceram ao vizinho pela atenção e foram à Arena para colocar as ideias em ordem.

Lá, o Pedrão começou dizendo que ficar investigando a vida do portuga não ia trazer nenhuma das bolas de volta. Era bobagem. O melhor era evitar que outras caíssem no território proibido... como se isso fosse possível.

Já que estavam na Arena mesmo, Zé Roberto teve uma ideia. Foi até o muro e, com seu salto ágil, chegou facilmente ao topo, como da outra vez.

Quando desceu, Pedrão e Celso o cercaram.

– E aí? O que foi que viu desta vez? – perguntou Pedrão.

– Alguma coisa diferente? – indagou Celso.

O novo camisa dez do time coçou o queixo e murmurou:

– A bola continua lá no canteiro, do mesmo jeito.

Desafiando o perigo

– Quer dizer que a cilada continua armada... – disse Juca, ao ficar sabendo do que Zé Roberto tinha visto nos jardins do casarão.

O time todo foi chegando. Andrezão, Tiquinho, Sandoval, Robério... Foram se sentando em círculo, como se alguém os orientasse. Alguns gritavam:

– Reunião! Reunião!

– Hoje faz dois dias que a bola está lá, parada – começou o Pedrão. – E o portuga não apareceu nem fez nada. Temos que tomar uma decisão...

– Mas e a armadilha? – perguntou Edu, enquanto amarrava o cadarço dos tênis.

– Alguém tem outra ideia, além de ficar vigiando o casarão? – perguntou Celso.

Ninguém respondeu. Um olhava para as nuvens, outro riscava o chão com uma pedrinha. De repente, Pedrão estufou o peito e falou:

– Se quiserem, eu pulo o muro e apanho a bola.

– É muito perigoso – contrapôs Supimpa. – E se ele te pegar

com a mão na botija... – completou, modificando um pouco a expressão popular.

– Talvez ele tenha viajado pra Portugal – arriscou André.

Zé Roberto balançou a cabeça, concordando:

– Eu também acho que ele está fora de casa faz alguns dias. É agora ou nunca.

– Bem, então eu vou... – ia dizendo Pedrão.

– Negativo, Pedrão! – interrompeu Zé Roberto. – *Eu* é que vou pular o muro. Se eu joguei, eu vou pegar.

Pedrão tentou convencê-lo de que era melhor ir em seu lugar. Estava mais acostumado a subir em muros e árvores desde criança. Sempre tinha levado jeito para aquilo. Mas Zé Roberto não aceitou nenhum argumento:

– Eu pego a bola e ponto final.

Pedrão, que já o conhecia muito bem, desistiu. Os dois se aproximaram do muro. Os outros meninos se espalharam por alguns cantos estratégicos do campinho e da rua, vigiando. Zé Roberto escalou o muro até o alto. Pedrão, que supervisionava a área, sussurrou:

– Ok. Pode ir em frente.

O recém-líder do grupo ainda olhou para os lados, fez o sinal da cruz e saltou.

No jardim, Zé Roberto caminhou com leveza de bailarino. Não queria pisar em uma só florzinha, para não criar mais problemas. Foi fácil chegar até onde estava o tesouro... quer dizer, a bola perdida.

Do lado da pelota, na terra úmida do canteiro, nascia um minúsculo botão. Olhado de perto, era de uma beleza irresistível. Era tão pequenino que, se o pegasse, com certeza seu Miguel não perceberia. Ele tinha tantas outras plantas maiores e mais formosas. Por isso, Zé Roberto colheu delicadamente a flor do solo, com raiz e tudo, trazendo junto um punhado de terra.

E nem sombra do portuga.

No campinho, todos aguardavam aflitos. Primeiro ele jogou a bola.

Silêncio.

Ao saltar de volta, segurava o botão da flor com a mão direita, como um troféu. Quando caiu sobre a grama da Arena Durão, foi ovacionado.

– Oba! – gritou Celso. – Então vamos bater uma bolinha para comemorar?

A proposta foi aceita por unanimidade. Só Zé Roberto fez uma ressalva:

– Antes, vamos replantar esta florzinha naquele canto da nossa arena. Ela vai ser um amuleto pra nós.

– Lá, atrás daquela pedra – indicou Pedrão. – Ela vai ficar protegida de qualquer bolada ou pisão...

Parte II

Enquanto a bola rolava outra vez

Seu Miguel não estava mesmo em casa. Estava longe. Ou talvez nem tanto. Não conseguia nenhuma referência para se orientar. Era uma cela escura ao final de um túnel ou coisa parecida. Estava sentado numa cadeira desconfortável, tosca. A pouca ventilação não conseguia amenizar o cheiro pestilento daquele cubículo. Vez ou outra, um rato passava roçando suas pernas. Há quantos dias estaria naquelas condições?

A última lembrança era de ter se levantado no meio da noite para verificar um ruído estranho perto da sua biblioteca. Só isso. Talvez tivesse sido atacado por algum bandido. Depois não conseguia se lembrar de mais nada. Provavelmente havia levado uma pancada na cabeça e perdido os sentidos.

Ao voltar a si, já estava naquela cadeira, preso e amordaçado.

Aos poucos, porém, algumas coisas se clareavam. O homem mascarado que lhe perguntava insistentemente "Onde está o botão, onde está o botão" só podia ser o Roberval, aquele que havia lhe dado o livro holandês de presente. Só podia ser. Apesar de não poder reconhecê-lo por causa da máscara, a voz lhe parecia familiar.

Seu Miguel estava esgotado. Com fome, com sede e cansado até o limite da sua resistência. Às vezes, eles o amarravam à cadeira, para que se sentisse ainda mais desconfortável. Na hora de dormir, deixavam que ele deitasse no chão, sobre um punhado de jornais estendidos. Estava exausto. Quando ficava sozinho, podia caminhar pelo cômodo para ativar a circulação nas pernas. Mas nunca sabia quando seus sequestradores poderiam voltar. Isso era terrível. E os passos que agora soavam pelo túnel à sua frente só aumentavam seu desespero. Eram eles de volta, todos com o rosto coberto. Dessa vez, resolveu mudar de tática. Só lhe restava partir para o ataque:

– Já sei quem tu és... – começou a dizer, assim que um deles apontou na entrada do quarto.

– Ah, descobriu então? Pois sou eu mesmo! – interrompeu Roberval, arrancando a máscara. – Eu só quero aquele botão, mais nada!

– Botão? Mas que botão...? – murmurou o sequestrado.

– O senhor sabe muito bem do que eu estou falando.

O lusitano encolheu-se na cadeira ainda mais, apavorado. Roberval não viera sozinho. Seu comparsa Tião acabava de deslizar pela abertura do cubículo. Ao ver o chefe sem máscara, tomou a iniciativa de também exibir o rosto, livrando-se da meia feminina de seda que o sufocava. Era um sujeito moreno e forte. Deixando escapar um riso perverso, perguntou:

– Quer que eu... execute, chefe?

Os dois capangas, Tião e Chuvisco, pareciam à vontade naquele antro malcheiroso.

– Calma. Ele vai falar. Porque se não colaborar... – completou Roberval, cínico, dando de ombros, para desespero do portuga.

Mas ele continuava repetindo que não sabia a que botão os dois se referiam. Roberval era admirador do conhecimento de botânica de seu Miguel e dos tesouros vegetais que havia no jardim do casarão. E, para a sorte do portuga, até certo ponto era um homem paciente. Do contrário, talvez Tião já tivesse recebido ordem para começar seu... "trabalho". A questão era saber até quando a paciência de Roberval duraria.

Mas pior que tudo, para o seu Miguel era estar separado de suas plantinhas mimadas, que àquela altura deviam estar morrendo sem os seus insubstituíveis cuidados.

Ele sabia muito bem o que os bandidos queriam. Mas entregar o botão de *Desiderata* a eles, jamais! Nem a eles nem a ninguém. Havia arriscado a própria vida para furtá-la numa reserva florestal alguns anos antes. Se fosse preciso, estava decidido a morrer para não entregar aquele raríssimo pé de *Desiderata rosada* que renascia em seu quintal uma vez por ano.

Era uma vez um jardim

Naquela madrugada, com o céu bloqueado por nuvens pesadas, dois vultos invadiram o jardim do casarão munidos de pá, rastelo e mais algumas ferramentas de jardineiro. Logo em seguida, uma terceira sombra esgueirou-se rente ao muro, segurando dois pedaços de papel nas mãos trêmulas.

Tião e Chuvisco, os sinistros capangas de Roberval, reviravam todo o jardim, enquanto o chefe ordenava, impaciente:

– Somente os botões. Quero somente os botões, ouviram bem? As flores não nos interessam...

A cada botão encontrado, corriam até ele, perguntando:

– É este, chefe?

– Não! Não! Não! – respondia ele, cada vez mais irritado, brandindo um recorte de revista. – Vocês são cegos? Olhem para esta foto! E para este desenho aqui! Será que é tão difícil assim?

De tempos em tempos precisavam parar o trabalho por causa da aproximação do vigia noturno que rondava o bairro. Então se escondiam, colados ao muro, para depois prosseguir, revirando desajeitadamente os canteiros.

– É este, chefe? – veio perguntar Chuvisco, com um delicado caule entre os dedos gorilescos.

– Não está vendo que isso é um botão de rosa, imbecil?

– Então, nada feito. Era o último... – gaguejou.

Roberval, descontrolado, esmurrou o muro três vezes.

– O que vamos fazer agora, chefe?

Do outro lado do muro, o vigia, que passava pela rua a poucos metros dali, despertou da sonolência e guiou a bicicleta até o final do gramado, para averiguar a origem daqueles estranhos barulhos.

Chuvisco, desesperado, percebeu o movimento e avisou os comparsas do perigo que corriam.

Roberval confundiu-se, imaginando que alguém estava chegando pelos portões da frente do casarão. Talvez investigadores da polícia. No desespero, os três escalaram o muro e caíram do outro lado. Por azar, colidiram com o dedicado trabalhador noturno e seu veículo de duas rodas, que saíram rolando pela grama.

A rua em polvorosa

Com a primeira luz do dia formou-se um burburinho em frente à velha mansão do português, no fim da rua Santa Rita Durão.

– Será que o velho enlouqueceu de vez? – perguntava um dos vizinhos, admirado com a bagunça no jardim.

– Isso parece coisa de lobisomem... – emendou outra vizinha, espiando pelo portão os jardins que ficavam além da entrada.

Então alguém se lembrou de perguntar:

– Afinal de contas, onde estava o vigia da rua nessa hora?

O doutor Rogério contou que ele estava no hospital com um braço quebrado e uma contusão em um dos joelhos. Havia sido encontrado pela polícia quase ao raiar do dia, desmaiado ao lado do muro do casarão. Em meio aos comentários, o pai do Juca falou:

– Eu acho que aí tem o dedo dos meninos.

– O quê? Que absurdo é esse, seu Floriano?

O pai do Juca, sentindo que havia conquistado a atenção de todos, prosseguiu:

– Vingança, meus senhores! Quantas bolas esse velho já furou?

Dona Marta, mãe do Zé Roberto, começou a comprar a ideia:

– Bem que ontem eu achei que o Zezinho estava um pouco esquisito...

O avô do Celso, com seu português macarrônico, botou mais lenha na fogueira:

– *Dio mio! Ma se mio bambino, aquele capelli di spaghetti*, fez uma barbaridade dessas, vai levar uma surra *di* cinto!

Dona Marieta, mulher do delegado Rui Macedo, interveio, com a autoridade de... esposa de autoridade:

– Os senhores estão se precipitando. Deixem a polícia investigar primeiro.

As conversas avançaram até a hora do almoço. Quando soou meio-dia na paróquia, os "suspeitos" saíram da escola e foram voltando para casa. Zé Roberto encostou a bicicleta junto ao portão e deu de cara com a mãe.

– O que foi que houve, mãe? Parece até que viu um fantasma...

Os pais levaram os filhos, um a um, até o portão da frente do casarão do português.

– O que significa isso, Eduardo Henrique? – perguntou o pai do Edu.

Os meninos não tinham o que dizer. Sem nenhuma combinação prévia, todos, um por um, reagiram com um par de ombros levantados. Até que o Zé Roberto – sempre ele –, assumindo ares de líder, chegou ao centro do grupo e perguntou:

– Vocês acham que fomos nós que fizemos isso?

– Quem mais poderia ter sido? – perguntou dona Consuelo, a mãe do Supimpa, já conhecida na rua pela sua maneira exaltada de conversar.

Pedrão protestou. Ninguém ali seria capaz de destruir um jardim daqueles. Zé Roberto jurou que não havia sido nenhum deles. Depois se lembrou do botão que furtara no dia anterior. Mas era apenas um botãozinho, e tão pequenino...

Um a um, todos juraram inocência. Até que Juca, o Inferno na Torre, resolveu perguntar:

– Mas cadê o portuga?

Aí foi a vez de os adultos se entreolharem com cara de paisagem. Para responder àquela pergunta inesperada, o mais lógico mesmo era começar tocando a campainha do casarão. Foi o que fez a mulher do delegado, que recebeu o silêncio como resposta.

– Deve ter viajado. Faz uns oito dias desde a última vez que o viram na rua.

– E a faxineira dele, alguém sabe onde mora?

Uma pessoa tinha ouvido dizer que ela ganhara folga e que fazia uma semana que viajara para visitar a família no Mato Grosso. Como sempre acontece nesses momentos, formou-se um pequeno tumulto, com conversas cruzadas e ninguém dizendo coisa com coisa. Assim, tentavam avançar nas suposições e depois voltavam ao início de tudo. E, apesar dos juramentos de inocência, a maioria dos meninos não conseguiu escapar do castigo dos pais.

Surge um plano

À noite, em seu quarto, Zé Roberto andava de um lado para outro.

– Isso não vai ficar assim. A gente precisa provar a nossa inocência!

Ele não era de mentir ou fugir de castigo. Mas não podia deixar as coisas como estavam. Eram inocentes, pensou, ouvindo soarem dez badaladas lá na praça da matriz. Àquela hora seus pais já deveriam estar num sono pesado. Num gesto decidido, sem pensar muito, abriu silenciosamente a porta do quarto e deslizou feito um fantasma pela casa, rumo à saída para a rua.

Bateu levemente na janela de Pedrão. Em instantes o amigo estava na calçada, reclamando: "Por que demorou tanto?".

Dali, foram procurar outros dois companheiros, o Celso e o Edu. Quando estavam reunidos no campinho, notaram que surgiram do nada duas companhias inesperadas: Marina e Aninha. E vinham prevenidas, cada uma com uma mochila às costas.

– O que estão fazendo aqui? Volte pra casa, guria! – ordenou Edu, cumprindo seu papel de irmão mais velho.

– Negativo! – protestou a espevitada Aninha. – Vamos acompanhar vocês aonde quer que seja, ou então nossos pais vão saber de tudo...

Os meninos não precisaram pensar muito para concluir que teriam de aceitar duas novas aventureiras no grupo. Depois de resolvido esse impasse, Zé Roberto passou a explicar seu plano:

– Vamos entrar na casa do português. Só assim para a gente saber o que está acontecendo...

Uma chuva fina começou a cair. Sem perda de tempo, o líder apanhou um graveto e começou a fazer riscos no chão:

– O plano é o seguinte...

Menos de meia hora depois, os sete esgueiravam-se entre os canteiros devastados do jardim do seu Miguel. Vasculharam cuidadosamente o território em volta da casa e não encontraram nada além de terra revirada e um mundo de flores, folhas e ramos caídos pelo chão.

– Nada por aqui. A próxima etapa é entrar na casa – disse Pedrão.

– Mas entrar como? – perguntou Marina. – Está toda trancada...

Pela primeira vez Zé Roberto percebeu como era bonita aquela voz.

– Pedrão, você trouxe aquele seu canivete? – perguntou ele.

– Claro – respondeu o amigo, enfiando a mão no bolso da jaqueta.

Ajoelhado diante da fechadura, Pedrão se concentrou no trabalho durante quase dez minutos. Ao final desse tempo o grupo ouviu um estalo e o ruído de uma porta rangendo. Enxugando o suor do rosto, Pedrão levantou-se e sorriu:

– Primeiro as damas.

Era brincadeira, claro. Quatro marmanjos não deixariam duas meninas tão especiais correrem o risco de dar de cara com ladrões ou outro tipo qualquer de criminosos. Edu, o zeloso irmão de Marina, foi quem tomou a frente, seguido por Celso.

Os cômodos da casa estavam mergulhados nas sombras.

– Alguém acenda a luz, por favor... – sussurrou Edu, trombando em uma poltrona.

– Tá maluco? – replicou Zé Roberto. – E se alguém lá fora vê a luz acesa?

Marina abriu a mochila que trazia e retirou dela duas lanternas. Ficou com uma e entregou a outra ao líder da turma.

– Grande Marina! – aprovou Pedrão, dando um tapinha carinhoso no seu ombro.

– O que seria dos homens neste mundo se não fossem as mulheres? – cochichou a garota, cheia de si. – Imagine! Explorar um casarão desses à noite e esquecer de trazer lanterna!

– *Per Bacco*! Uma mulher prevenida vale por duas! – brincou Celso, imitando o avô.

E os dois fachos de luz bateram nas paredes internas do casarão, iluminando os salões lúgubres, que começaram a ser explorados pelo grupo. Por meio de gestos, Zé Roberto indicou que ele, o Pedrão e a Marina subiriam para investigar o andar de cima. Com um gesto discreto, Marina acotovelou a amiga.

Edu e Celso fizeram sinal para Aninha acompanhá-los na exploração do pavimento térreo. Por causa da iluminação precária, o casarão se revelava como cenário de filme de terror. Drácula ou Frankenstein certamente se sentiriam à vontade deslizando pelas tábuas antigas do assoalho e apoiando-se nas paredes mofadas e altas dos corredores. A sala abrigava algumas estátuas que, sob o facho amarelado das lanternas, ganhavam ares aterrorizantes. As poltronas estavam cobertas por mantas brancas.

À medida que caminhavam, os exploradores davam de cara com quadros antigos, revelados por aquela luz fantasmagórica. Uma verdadeira galeria de retratos pintados em séculos anteriores.

– Devem ser os antepassados do velho... – deixou escapar Celso.

– Hum, quanto cacareco! – disse Edu, dando de cara com uma cristaleira antiquíssima.

A parte superior da casa não era diferente. Os degraus da escada rangiam sob os passos cuidadosos do trio. Marina observou, segurando a camisa de Pedrão:

– Lembra daquele filme, *Psicose*, quando o homem vai subindo a escada?

– Isso é coisa para lembrar justo agora, menina? – respondeu ele, famoso pela sua coragem.

Na parte de cima havia sete ou oito portas. Zé Roberto acendeu a luz do corredor.

– Aqui em cima não tem problema – cochichou.

Em cada um dos rostos havia ansiedade e tensão. Ele sugeriu que o grupo se dividisse de novo:

– Eu olho este lado aqui. Pedrão e Marina ficam com a parte da esquerda.

Embora Marina preferisse outra divisão, seguiu o comando sem contestar. Não queria dar bandeira de seus sentimentos.

Os primeiros quartos não tinham nada de interessante. Assim, Zé Roberto chegou rapidamente aos fundos do corredor. A última porta não estava sequer encostada. Um guarda-roupa antigo e uma pia de louça podiam ser entrevistos do corredor.

– É o quarto do portuga – murmurou sozinho. – E se ele estiver aí dentro?

– Não está! – respondeu para si mesmo, enchendo-se de coragem.

Mesmo assim, entrou no quarto lentamente. O cômodo era espaçoso, havia uma cama de casal encostada à parede, sob um grande crucifixo de madeira escura. Os lençóis estavam desarrumados e o travesseiro, atirado ao chão. Não encontrou nenhuma pista sobre o desaparecimento do portuga.

Saiu do quarto, juntando-se a Pedrão e Marina no corredor.

– E aí? – perguntaram os dois.

– Nada.

– Também não achamos nada – informou Pedrão, tentando caçar um pernilongo que há algum tempo o perturbava.

No andar de baixo, Edu, Celso e Aninha esquadrinhavam a biblioteca do seu Miguel. Livros e mais livros, quilômetros deles, calculou a menina. Edu aproximou-se das prateleiras à esquerda e observou que a maioria deles era sobre ciências, biologia, física e, principalmente... botânica.

– Se ele leu tudo isso, deve saber mais do que a nossa professora de Ciências, né? – comentou Aninha.

A garota, movida pela curiosidade, extraiu alguns volumes com lombadas coloridas e contemplou as capas. Havia títulos em francês, alemão e em outros idiomas. Estava empolgada com a riqueza de exemplares da biblioteca. Sempre tinha ouvido dizer que livros de capa dura eram os mais caros. Imagine então aquele com lombada grená, macia, com letras em dourado: devia ter custado os olhos da cara...

Ao tocar o volume, no entanto, deixou escapar um grito de surpresa:

– Uau! Olhem!

As prateleiras da estante estavam se movendo.

– *Mamma mia*! – sussurrou Celso, eufórico, fazendo tremular o foco da lanterna. – Uma passagem secreta!

O grupo de Zé Roberto vinha descendo a escada.

Na biblioteca, Aninha exibiu a passagem, triunfante:

– Fui eu que encontrei, não foi, Celso?

O líder consultou o relógio de pulso. Já era quase meia-noite.

– Sei não, melhor a gente voltar pra casa...

Pedrão espiou pela passagem.

– Onde será que isso vai dar? – perguntou Marina, cheia de curiosidade.

– Amanhã a gente vai ficar sabendo – sentenciou Zé Roberto.

Edu não parava de bocejar. Concordaram que era melhor voltar para casa. Afinal, estavam todos de castigo. Não podiam se complicar ainda mais.

Zé Roberto reuniu todos na varanda, próximo à saída:

– Não vamos contar nada para ninguém ainda. Todo mundo de bico calado...

– Nem precisava dizer – reafirmou Celso.

Se contassem, teriam muito mais dificuldades para provar a própria inocência.

– Na verdade, ainda não descobrimos nada – voltou a dizer Zé Roberto.

– Nem provamos nada... – apoiou o Pedrão.

– Se meu avô sonha que eu fugi do castigo, é capaz de me esfolar vivo... – lembrou Celso, engolindo seus receios e iluminando o caminho de volta para o muro.

A prisão subterrânea

O bravo português estava cansado de caminhar pelo cativeiro e sentou-se para descansar naquela cadeira horrível. Não ousava sequer pensar em procurar escapar dali. Ele não conseguiria. Estava se sentindo cada vez mais fraco.

E, além disso, quando menos esperava, recebia visitas desagradáveis... Como aquela. Devia ser a vigésima vez que Roberval surgia na boca do túnel trazendo novas ameaças:

– Seu Miguel, o senhor está brincando com fogo. Minha paciência está se esgotando. O Tião e o Chuvisco estão tirando a sorte para ver quem é que vai fazer o... servicinho.

O prisioneiro nem em sonhos imaginava o que havia acontecido com seu jardim. Roberval, por uma questão estratégica, achou melhor não contar. Se o velho ficasse sabendo, aí é que não diria nada mesmo, nem sob ameaça de morte. Ou talvez ele tivesse um enfarte, colocando tudo a perder.

– Por que queres tanto o tal botão, ó homem de Deus? – perguntou seu Miguel, tentando ganhar tempo.

Seu raptor bateu com a mão espalmada sobre o joelho, impaciente:

– Você sabe muito bem. É o único da espécie, e eu não vou descansar enquanto não colocar as mãos nele.

– Donde o conheces?

Roberval respirou fundo e levantou os olhos, como que lembrando de algo muito importante. Respondeu, com a voz ligeiramente alterada pela emoção:

– Eu era biólogo e trabalhava num grande instituto de pesquisas. Mas nunca consegui o respeito dos meus colegas... Nunca consegui que os empresários aceitassem financiar as minhas pesquisas. Eu queria fama e riqueza. Eu merecia. Aí, apostei todas as minhas fichas num projeto... Eu ia reproduzir em laboratório algumas flores raras, a partir de genes de espécies mais comuns...

– Hum... – fez o português, mostrando interesse na continuação do relato.

A esta altura, o rosto de Roberval estava completamente desfigurado.

– Só que eu fracassei. Não consegui recriar nem uma flor sequer, nenhuma flor extinta. Nem mesmo quando pedi ajuda à máfia...

– Mas por que essa obsessão agora pela *Desiderata*? Há tantas outras espécies mais belas! E por que a máfia entrou na história?

Roberval tentou se acalmar. E respondeu:

– Um dia, quando fui me encontrar com um chefe da máfia, acabei preso depois de a polícia invadir o esconderijo. O senhor não sabe como sofri por causa dessa florzinha maldita...

– Mas por que ela, senhor Roberval?

Sem prestar atenção à pergunta, ele prosseguiu:

– Eu fugi da cadeia e estou foragido – ele continuou, voltando a se emocionar com a própria história.

"Esse homem é mesmo maluco", pensou o seu Miguel, já imaginando que precisaria arrumar uma maneira de fugir dali, "e as coisas estão cada vez mais complicadas para o meu lado..."

– Mas descobri, em uma notícia de uma revista canadense, que o senhor possuía um último botão de uma das flores mais raras do mundo. Ela vale uma fortuna! – completou, acendendo um cigarro.

Tião e Chuvisco, os dois capangas mal-encarados de Roberval, ouviam a história com atenção, sem emitir sequer um grunhido.

Seu Miguel balançou a cabeça, ainda incrédulo. E uma pergunta brotou em seu cérebro: "Por que então ele simplesmente não vai até o jardim e apanha o raio do botão?".

Como se tivesse lido seus pensamentos, o bandido disse:

– Só que eu não seria capaz de reconhecer a planta sozinho, o senhor sabe muito bem disso. Antes de desabrochar, ela é um botãozinho sem graça igual a tantos outros. Por isso pedi ao senhor que me mostrasse onde ela ficava. Só que o senhor resistiu. Agora, que estamos nos últimos dias de março, aquela linda flor desabrocharia aos poucos e reinaria por menos de uma semana. E então, eu a reconheceria...

– E...

– Pensa que não estivemos no seu jardim? Ela deveria estar lá, em algum canto. Mas nós três reviramos todo o seu quintal e não a encontramos. Deve estar muito bem escondida, ou então deve ter morrido...

Ao ouvir essa última frase, seu Miguel, que há várias noites já vinha passando mal, não se conteve mais. Seu jardim, todo destruído! Nenhum sofrimento no mundo era comparável à perda de seu tesouro mais precioso, a *Desiderata rosada*, última de sua espécie na face da Terra. E explodiu num choro convulsivo, entre soluços e gritos desesperados.

Isso despertou até mesmo os dois truculentos asseclas de Roberval, que deixaram de lado a brutalidade e murmuraram em tom suave, tentando acalmá-lo:

– Calma, seu Miguel! As coisas não são bem assim... – disse Chuvisco.

– É, nem tudo está perdido... – completou Tião.

Impaciente, Roberval deixou escapar um grito, cujo eco foi abafado pelos corredores subterrâneos:

– Silêncio! Calem a boca todos!

Seu Miguel rapidamente recobrou o controle. Precisava de mais informações, para tentar escapar daquele trio de loucos. Depois de pensar um pouco, aproveitando o silêncio, ele indagou:

– Como é que o senhor me trouxe para cá? Não é possível que ninguém tenha percebido.

Roberval sorriu com um ar de superioridade.

– Digamos que eu investiguei o bairro e descobri que existem algumas passagens secretas naquele seu casarão. Ou melhor: *neste* casarão! Há, há, há!

Seu Miguel engoliu em seco. Havia comprado a casa por um preço bem barato, aproveitando-se do fato de o dono anterior estar endividado. Será que o Roberval tinha descoberto até isso?

Era preciso desviar-se um pouco daquela conversa. Pelo menos da conversa a respeito da compra do casarão. Resolveu arriscar:

– Então aquela passagem secreta na biblioteca dá aqui?

Roberval desatou numa gargalhada sem fim, despertando Tião, que já cochilava.

– Grande dedução, velho!

Seu Miguel não tinha mais o que dizer. Estava prisioneiro no subsolo de sua própria casa. Talvez devesse ter explorado melhor a passagem, o que nunca havia feito desde que comprara a casa, dez anos antes. Nunca tivera coragem de se meter no túnel escuro e úmido que parecia saído de algum antigo filme de terror. Seu único interesse eram as plantas.

– Seu prazo termina amanhã, velho.

E saiu, junto com os dois sequazes, às gargalhadas.

Voltando ao casarão

Agora livres do castigo, os amigos marcaram nova reunião no campinho, aliás, Arena Durão, às três da tarde. E naquela mesma hora, pontualmente, surgia na esquina da rua seu Quem-Quem. Como ninguém correu ao encontro dele, o picolezeiro se aproximou ressabiado.

Algo muito importante estava acontecendo.

– Que é que foi, meninos?
– Nada, seu Quem-Quem. Hoje a gente não tá a fim de picolé, só isso – disse Zé Roberto, na defensiva.
O homem não se convenceu. Fazia um ano que passava por aquela rua diariamente e nunca saíra sem vender ao menos um picolé. Mesmo quando só tinha o sabor bocaiuva a oferecer. Por isso, insistiu:
– Que conversa é essa, meninos? Ah, já sei. Estão gripados, né?
As meninas começaram a rir. Zé Roberto e Pedrão se entreolharam, percebendo que o picolezeiro não ia deixar o campinho assim, sem mais nem menos. Ele parecia um sujeito de confiança.
– O senhor jura que não conta pra ninguém? – perguntou Pedrão.
Seu Quem-Quem fez um x com os dedos indicadores, beijando-o solenemente:
– Por tudo que é mais sagrado! – respondeu, em seguida.
Edu contestou:
– Você não pode contar, cara.
O líder olhou para o picolezeiro e fez um T com as duas mãos, sinal de que pedia um tempo para confabular entre os seus pares.
– Uai, é até bom que ele vá com a gente – defendeu Zé Roberto, quando o grupo se fechou numa rodinha. – Pode nos ajudar, porque é adulto.
– É isso aí, turma! – apoiou Marina, olhando nos olhos de Zé Roberto e corando ligeiramente.
– Mas adulto só atrapalha... – ainda tentou contestar Edu.
– Deixa de ser cri-cri, Edu! – disse a irmã. – Tô pra ver guri mais chato que você.
Derrotado e contrariado, o rapaz enfim aceitou mais aquela derrota.

Minutos depois, seu Quem-Quem já estava a par de tudo.
– Então vocês querem entrar no casarão de novo?

Celso se adiantou:

– E o senhor vai com a gente!

O pobre do picolezeiro engasgou. Marina precisou correr à procura de um copo d'água no botequim do seu Valdemar, logo depois da esquina.

– Vocês devem estar loucos! – bradou seu Quem-Quem, já restabelecido da tosse e do susto. – Nem que eu quisesse eu poderia ir. Preciso trabalhar para sustentar a minha casa. Se eu não vender todos os picolés...

A Aninha não deixou que ele terminasse:

– A gente compra todos os picolés do carrinho!

Edu veio protestando mais uma vez:

– Tá maluca? A minha conta já tá imensa...

Zé Roberto voltou à carga:

– O senhor precisa ajudar a gente a encontrar o portuga aqui do casarão, seu Quem-Quem!

– E como é que vocês sabem que ele desapareceu? Vai ver foi viajar.

– Não foi – respondeu Celso, com autoridade. – Sumiu mesmo!

Não precisou muito para que seus fiéis fregueses o convencessem a embarcar na aventura.

– Tudo bem, sei que estou entrando numa fria, mas...

Só não foi aplaudido, como se tivesse feito uma jogada maravilhosa, porque chamaria a atenção dos vizinhos, e isso era a última coisa que os meninos queriam naquele momento.

– E o meu carrinho? – perguntou, muito preocupado. – É meu ganha-pão.

Pedrão indicou um lugar atrás das traves, junto ao muro do casarão, mais para o canto. O carrinho ficaria disfarçado por alguns arbustos.

– Ninguém vai perceber.

– Será? – indagou o homem, ainda inseguro.

Mas os primeiros meninos já saltavam para o outro lado do

muro. E ele havia prometido acompanhá-los. Saltou atrás deles com uma agilidade surpreendente para a sua idade e seu tipo físico.

Celso e Aninha já estavam dentro da biblioteca. Quando a passagem foi aberta, a garota relembrou, entusiasmada:

– Fui eu que descobri!

Seu Quem-Quem não sabia para onde olhar: se para as prateleiras enormes abarrotadas de livros, arquivos e papéis, ou para a porta que se formava diante deles, a partir do movimento da estante. Nunca tinha visto nada igual. "Nossa Senhora!", foi a única coisa que conseguiu exclamar, no seu espanto.

– E aí, turma? Desta vez todo mundo trouxe lanterna? – perguntou Zé Roberto.

– Vocês têm certeza de que querem mesmo entrar aí? – tentou o picolezeiro, uma última vez.

Mas alguém botou nas mãos dele uma lanterna sobressalente e deu-lhe um carinhoso empurrão, recolocando-o de vez na trilha sinistra da aventura. Assim, seu Quem-Quem começou a seguir os meninos rumo a um mundo misterioso.

O túnel foi se estreitando, e o grupo seguiu um caminho descendente, cada vez mais escuro e úmido. E, pior ainda, às vezes ele se dividia em duas ou mais passagens. O subterrâneo daquele casarão era um verdadeiro labirinto. Só depois que já estavam suficientemente enfiados nele foi que os meninos se deram conta de que talvez não fosse tão fácil voltar.

O vigia noturno

Um rapaz bateu palmas em frente ao portão da casa do delegado Rui Macedo. Dona Marieta apareceu à janela, que dava para um pequeno jardim, e, entre dois coqueirinhos, perguntou:

– O que deseja?

– Eu queria falar com o seu delegado – disse ele, timidamente.

– Só com ele? Ele tá viajando – informou dona Marieta com um olho espichado.

O moço se apresentou. Era o filho do seu Clodoaldo, o vigia. Dona Marieta então deixou a janela, desfez-se do avental e saiu para a rua.

– Aconteceu alguma coisa com o seu Clodoaldo?
– Está no hospital.
– É por causa do jardim do português?

O moço fez que sim com a cabeça. Depois falou:
– Meu pai quer conversar com o delegado para explicar o que aconteceu.

Dona Marieta lhe pediu que esperasse e correu para dentro de casa para dar instruções à empregada. Ajeitando os cabelos, saiu ventando pela porta da frente, dizendo:
– Vamos, rapaz, vamos até a casa de dona Marta...

O táxi chegou ao hospital em vinte minutos. De dentro dele saltaram dona Marta – a mãe do Zé Roberto –, dona Marieta e o filho do seu Clodoaldo.

– Pode ficar com o troco! – gritou, altiva, dona Marieta, já galgando os primeiros degraus da entrada do hospital.

O vigia estava internado numa enfermaria no primeiro andar, próximo à porta, e recebeu as duas senhoras com um olhar desconfiado.

– Como vai o senhor? – perguntou dona Marta, já puxando uma cadeira para perto da cama do paciente.

– Como Deus quer – respondeu. – O delegado não pôde vir?

Ele tinha um braço e uma perna engessados. Dona Marta olhou ao redor e contou uns dez ou doze outros pacientes, igualmente estropiados, dividindo a mesma enfermaria.

– Está viajando – contou dona Marieta.

– Que pena. Eu queria falar sobre o que aconteceu na rua... – o homem foi começando a dizer. – Meu filho me disse que a polícia me encontrou desmaiado no campinho da rua Durão e me levou para o pronto-socorro. A trombada foi tão grande que fiquei desacordado e, quando acordei, aqui nessa cama, não me lembrava de nada... a memória me escapava toda.

– Pode falar com a gente mesmo – disse dona Marta, decidida, entre um gemido e um suspiro vindos dos leitos vizinhos. – Dona Marieta aqui é a esposa do delegado.

– Está certo – murmurou ele, um tanto desanimado. – Espero poder ajudar em alguma coisa... Só hoje foi que minhas ideias começaram a voltar ao lugar.

Dona Marieta cruzou as pernas e, como se fosse a própria encarregada do caso, perguntou:

– O senhor viu quem destruiu o jardim do português?

– Ver eu não vi... – começou o homem, acanhado. – O que eu sei é que, quando estava virando a rua, escutei um grito esquisito vindo de trás do muro. Aí eu pedalei o mais depressa que pude para ver o que era...

– E o que era? – perguntou, ansiosa, dona Marta, levantando a voz para ser ouvida em meio a uivos de dor de outros internados.

– Estava muito escuro. Quando cheguei em frente ao muro do casarão, três homens caíram em cima de mim...

– Que homens, criatura de Deus? – perguntou, exasperada, dona Marieta.

Seu Clodoaldo respirou fundo, pensando: "Era mais fácil conversar com o doutor delegado".

Dona Marieta, no entanto, percebeu sua indelicadeza e se desculpou. Seu Clodoaldo continuou:

– Quando eu dei por mim, estava aqui, neste hospital.

Só então as senhoras se lembraram de olhar para os lados e notaram que não estavam sozinhas. Afinal, estavam numa enfermaria lotada de um hospital público. Duas enfermeiras iam e vinham entre os leitos, disputadas pelos pacientes. Os odores não eram dos melhores. Uma velhinha gritava desesperada, perto da janela. Os doentes mais próximos, em melhores condições, estavam de olhos e ouvidos atentos à conversa deles.

– E quem trouxe o senhor para cá? – perguntou dona Marieta, coçando levemente a ponta do queixo.

– Foi a polícia, chamada pelo seu Antunes, o vigia da Marechal. Como eu não passei onde a gente costuma bater papo para ficar acordado, ele me procurou e me achou desmaiado no campinho, do lado do muro. Aí chamou a polícia.

– E isso é tudo, seu Clodoaldo? – perguntou dona Marta já apressada, pois não apreciava muito a atmosfera dos hospitais.

– Sim, senhora. É tudo de que eu consigo me lembrar.

Frustrada com as respostas da testemunha, dona Marieta levantou-se rispidamente, sem conseguir esconder sua contrariedade. Até apertou as narinas com os dedos, defendendo-se dos odores fortes do recinto hospitalar. E despediu-se do vigia:

– Melhoras, senhor Clodovil...

– Clodoaldo, dona.

– Sim, Clodo... aldo! Desculpe. Caso se lembre de mais algum detalhe, estamos à disposição.

Saindo para o corredor, as duas mulheres balançaram a cabeça, desanimadas.

Parte III

O outro lado da passagem

Empunhando as lanternas, o grupo avançou pelo túnel úmido. O cheiro fétido e abafado não era dos melhores. E, ali dentro, qualquer sussurro se multiplicava em ecos. Marina teve vontade de gritar o nome de Zé Roberto só para ficar ouvindo-o três, quatro, cinco, uma infinidade de vezes sem parar, até que os ecos fossem caindo um a um sob a terra.

Mas o que os outros companheiros pensariam? Se estivesse só com Aninha, sua eterna confidente, não pensaria duas vezes.

Foi justamente Aninha quem interrompeu seus pensamentos:

– Será que aqui tem rato?

– Tá com medo? Volta então, oras! – disse Juca, tapando o nariz.

Aninha quase soltou um palavrão. Zé Roberto pediu silêncio. À sua frente o caminho agora se dividia em duas passagens.

– E aí? – perguntou Pedrão, jogando o foco da lanterna ora para um, ora para outro lado. – Para onde? Direita ou esquerda?

– Vamos nos dividir – opinou Edu.

Seu Quem-Quem, que fechava a fila, discordou.

– Acho melhor a gente ficar junto. Não sabemos o que nos espera daqui pra frente. A união...

– ... faz a força – completou Edu, resignado. Mais uma vez havia sido contrariado. E resolveu não insistir, antes que fosse voto vencido, como sempre.

Mas a questão principal continuava: seguir para onde?

– Esquerda – disseram alguns.

– Direita – escolheram outros, inclusive Marina.

Zé Roberto olhou para a garota e, sem titubear, disse:

– Pra direita, sô.

Alguma coisa lhe dizia que Marina estava certa. Talvez apenas um certo jeito de olhar. Ou talvez o líder do time estivesse acreditando na famosa intuição feminina. Ou, ainda, poderia ser algo mais... difícil de explicar naquele momento.

– Então vamos em frente que o tempo é curto – cutucou seu Quem-Quem, que devia estar ainda muito preocupado com seu velho carrinho de picolés.

O túnel ficava mais estreito à medida que caminhavam. E mais baixo também. Em alguns trechos, o picolezeiro teve de se dobrar para poder passar, enquanto Edu murmurava:

– A gente devia ter virado à esquerda.

Continuaram por mais alguns metros, até que uma leve claridade sinalizou a eles o final daquela passagem. Aninha e Marina abraçaram-se, com receio do que poderiam encontrar. Aos poucos, o solo parecia ficar mais seco e os cheiros, mais suportáveis.

– Pelo jeito a gente está chegando... – sussurrou o picolezeiro.

– Chegando aonde? – devolveu Edu, ainda magoado.

– Isso é o que vamos ver – respondeu misteriosamente seu Quem-Quem.

A luz foi ficando mais forte. À frente deles surgiu uma porta de ferro entreaberta. Zé Roberto fez um sinal pedindo silêncio absoluto. Qualquer ruído agora poderia ser fatal.

Todos apagaram as lanternas. O líder do grupo esgueirou-se à frente dos demais e espiou pela fresta da porta. Não conseguiu ver muita coisa, mas deu para perceber que havia pessoas conversando.

Quando se voltou para a turma, balançou levemente a cabeça para indicar que havia gente lá dentro. A escuridão encobriu os olhares assustados.

Dentro do cativeiro

Eram cinco da tarde quando a turma da rua Marechal Deodoro apareceu para acertar os últimos detalhes da partida do próximo sábado, como estava combinado. Foram direto ao campinho, que estava deserto.

– Onde é que se meteram aqueles patifes? – perguntou um deles.

– Devem estar escondidos, morrendo de medo... – respondeu outro.

Um terceiro riu alto, provocativo.

Decidiram esperar um pouco. Como haviam trazido uma bola, poderiam aproveitar para conhecer com mais calma a cancha do inimigo, com todos os seus buracos e morrinhos. Pois aquele jogo seria justamente um tira-teima, já que nos dois últimos encontros cada time havia vencido uma vez. Duas semanas antes, o time da rua Durão vencera por dois a um. "Com um gol roubado", saíra dizendo o goleiro do time da Marechal.

O treino, porém, não durou muito tempo. Só até um dos meninos encontrar, no fundo do campo e detrás dos arbustos, o carrinho de picolé do seu Quem-Quem.

– Venham até aqui! – ele gritou, destampando o carrinho. – Tá com picolé até a boca. E de todos os sabores...

– Vai ver ele só teve uma dor de barriga e já está voltando... – opinou alguém.

Ninguém se atreveu a atacar aquele achado sem antes ouvir o líder da turma, um sarará chamado Neneca, que pensava e pensava. Pegar ou não? Qual o risco de atacar aquele tesouro?

– Achado não é roubado... – finalmente concluiu.

Um dos atacantes do time aproximou-se e cochichou:

– É o carrinho do seu Quem-Quem.

– Tem certeza?

– Pode crer.

Neneca fez uma expressão de desprezo e depois deixou escapar um sorrisinho vingativo:

– Muito bem, Tonhão! – gritou, referindo-se ao autor da descoberta. – Quem mandou seu Quem-Quem não passar mais pela nossa rua? Empurra isso lá pra perto das nossas casas, Tita.

– É pra já, Neneca! – respondeu o outro, empolgado, retirando um picolé de bocaiuva do carrinho.

Naquele mesmo momento, num outro lugar, seu Quem-Quem teve um desagradável presságio.

– O meu carrinho!

Zé Roberto e Edu imediatamente cutucaram o braço do homem, lembrando a importância do silêncio naquele momento.

O picolezeiro agora conseguia ter uma visão um pouco melhor do lugar. O túnel onde estavam terminava em uma sala pequena e abafada. As vozes não vinham daquele lugar, mas de um outro ponto, mais adiante. Zé Roberto explicou:

– Aqui tem uma sala, e depois outra. Elas são separadas por uma porta. É lá que deve estar o português...

Marina indagou, com a voz trêmula:

– E agora, o que é que a gente faz, Robertinho?

Zé Roberto balançou as pernas ao ouvir aquilo. Nunca havia sido tratado de maneira tão delicada, tão doce, a não ser pela mãe, nos momentos em que ele ficava de cama, com febre. Estava acostumado ao tratamento viril dos amigos do time, sem ternura nenhuma. Teve vontade de pedir a Marina que repetisse a frase com toda aquela ênfase. Mas o momento não era apropriado para aquilo. Ficaria para depois.

No entanto, demorou para ele voltar à realidade. Juca teve de cutucá-lo e repetir:

– E agora, Zé?

Por sorte, naquele mundo de sombras, ninguém o viu corar.

– Calma, gente! Estou pensando... – disfarçou.

Depois, lembrou que precisava continuar no papel de líder, senão perderia o posto. Concorrência era o que não faltava. Pedrão, Edu, Celso...

– Fiquem aqui que eu vou explorar o terreno e já volto.

– Cuidado! – alertou seu Quem-Quem, já conformado por ter se separado de seu carrinho.

– Pode deixar, eu sei o que estou fazendo – respondeu Zé

Roberto, afastando um pouco mais a porta de ferro e deslizando para dentro.

Com poucos passos, Zé Roberto cruzou o pequeno cômodo e chegou à outra porta, que havia sido deixada aberta por descuido dos frequentadores do local. A outra sala era maior. O dobro do tamanho da primeira. Ao aproximar-se, o rapaz percebeu tudo num relance: seu Miguel estava imobilizado numa cadeira e sendo interrogado por três homens.

Ao ver que nada podia fazer, Zé Roberto retornou.

– E aí? – murmurou o picolezeiro.

– Seu Miguel está lá, amarrado numa cadeira. E tem três homens com ele. Um almofadinha, que parece o chefe, e mais dois capangas.

– *Per la Madonna*! – exclamou Celso, o neto do seu Giuseppe.

– Se alguém tiver uma ideia do que fazer numa hora dessas... – disse Zé Roberto.

Edu tinha uma ideia. Mas para que falar, se ninguém nunca concordava com ele? Pedrão, Celso, Marina... nenhum arriscava sequer um palpite.

Silêncio.

Então, Edu resolveu arriscar, mais uma vez:

– Eu tenho uma ideia.

– Então fale logo, mano – respondeu Marina.

– Alguém podia voltar e avisar o delegado Rui Macedo que o português foi sequestrado.

– Isso mesmo! – concordou Aninha. – E o restante fica aqui para impedir a fuga dos bandidos...

– Muito bem, maninho! – disse finalmente Marina. – E quem vai chamar o seu Rui?

– O Celso? – arriscou seu Quem-Quem.

Celso topou, com a aprovação dos demais.

– É melhor levar as meninas, Celso – opinou Zé Roberto. E

antes que elas protestassem, completou: – Você pode precisar de ajuda.

Aninha percebeu a artimanha, mas não reclamou. Muito pelo contrário.

– É mesmo, Celso. Pode ser que você precise de mim...

Quando ela se virou para seguir o italianinho, deixou cair a lanterna em cima de uma barra de ferro no chão. O barulho ecoou como uma bombinha de São João no interior de um mosteiro na hora da meditação.

– Quem está aí? – trovejou a voz do capanga Tião, do interior do cativeiro.

O vozeirão assustou o grupo. Mais ainda, o barulho da porta sendo escancarada. Como escapariam daquela encrenca agora?

– Rápido! – sussurrou Marina – Corram buscar reforço. O delegado! Qualquer um!

– Quem está aí? – repetiu a voz do comparsa do Roberval, agora mais próximo, jogando o facho do farolete em direção à saída do túnel onde estava o grupo.

O delegado Rui Macedo

A mãe de Zé Roberto foi até a casa de dona Marieta:

– O delegado já chegou de viagem?

– Acabou de chegar – respondeu a vizinha, fazendo sinal para que entrasse.

O doutor Rui adentrava a sala, ainda reclamando do cansaço da viagem a Curitiba que havia feito para visitar uma tia hospitalizada. Ele tinha estatura baixa e estava acima do peso. Aquela velha história do regime que começaria mês que vem, depois ano que vem, e por fim... na década seguinte. Com o tempo, a barriga proeminente havia se tornado sua marca registrada, como os óculos escuros e a coleção de chapéus de feltro.

Dizia-se que nem na própria formatura, apesar dos insistentes pedidos, ele havia deixado de usá-los. Outros comentavam que ele já havia nascido de óculos e chapéu. Que tomava banho com eles. Que a esposa não o conhecia de outra maneira.

Tinha também um extraordinário bigode e falava muito depressa. Quase sempre as palavras acabavam mastigadas no tiroteio que era sua fala, cheia de frases difíceis de compreender.

– É o cigarro que vive no canto da boca! – apressava-se a explicar dona Marieta, sua tradutora oficial.

Ah, o cigarro! Outra de suas marcas registradas. Podia ser cachimbo, como os grandes detetives da história. Só que atrapalharia ainda mais a agilidade da sua pronúncia.

Mal havia cumprimentado a vizinha, dona Marta foi logo dizendo:
– Tem coisas estranhas acontecendo nessa rua, delegado!

Rui Macedo sacou um revólver do bolso interno do paletó e guardou-o em uma gaveta do móvel da sala.

– Calma, senhora.

– O senhor precisa ir até o casarão do seu Miguel. O homem está desaparecido e o jardim dele foi totalmente destruído.

O delegado voltou ao armário e apanhou novamente o revólver.

– Vamosveroquetáacontecendo!

Dona Marta não entendeu patavinas. A esposa do doutor Rui foi quem esclareceu:

– É o cigarro no canto da boca... Ele disse "Vamos ver o que está acontecendo".

– Ah! – suspirou a vizinha, agora mais calma.

– Quem está aí? – a voz de Tião soava cada vez mais próxima.

A turma toda prendeu a respiração. Marina segurou a mão de Zé Roberto. De repente, ela se lembrou de uma comédia com o Steve Martin, que havia assistido na semana anterior. E, fazendo uma voz bem fina, soltou:

– Miau! Miau!
Tião insistia:
– Quem está aí?
– Miau! – repetiu a menina.
– É um gato? – perguntou o truculento assistente de Roberval.
"Sujeito idiota", pensou Zé Roberto, sem desgrudar da mão de Marina.
– Miau! – insistiu Marina.
Tião voltou-se para a outra sala, informando cheio de si:
– É só um gatinho, chefe!
Seu Quem-Quem murmurou, admirado com a esperteza da garota:
– Você tem um grande futuro, Marina!
Só então ela soltou delicadamente a mão do líder do grupo.
– Não seria melhor a gente voltar também?
– Não! De jeito nenhum – clamou Pedrão.
– Isso mesmo. Eu vou lá ouvir o que estão dizendo... – informou Zé Roberto.
– Ai, cuidado, Robertinho – sussurrou Marina, preocupada.
Por pouco aquela doce voz não o deixou fora de combate. Mas ele foi firme:
– Deixem comigo. Vou sozinho, porque pode ser perigoso. Esperem por mim aqui.
E foi em frente.

Rente à porta de madeira que separava as duas salas, Zé Roberto ouviu quando Roberval ameaçou seu Miguel:
– Seu tempo está se esgotando, velho! Você só tem uma hora de prazo. Depois disso, o Tião e o Chuvisco vão dar conta de você...
O trio estava de costas para a porta, e o velho português estava amarrado à cadeira, quase desmaiando de cansaço e desconforto. O rapaz voltou aos companheiros e relatou a situação.

– Se o Celso não agir rápido, o portuga não vai escapar com vida dessa. Alguém tem uma ideia?

Ninguém respondeu.

Em busca do delegado

Celso e Aninha chegaram esbaforidos à biblioteca do casarão, depois de subirem espremidos pelo túnel. Haviam encontrado com certa dificuldade a passagem secreta, pois ela estava quase fechada. Dela, passaram aos outros cômodos. Ao saírem correndo para a sala de visitas, quase trombaram com o delegado Rui Macedo, que começava a investigar o desaparecimento do português.

Com ele estavam mais dois policiais e seu Giuseppe, avô do Celso. Além de dona Marta e dona Marieta.

– *Per l'amor di Dio*! Por onde andava, *bambino*? – deixou escapar o velho, limpando a careca suada com um enorme lenço branco. – *Tua mamma ti chiama!*

Celso tentou dominar a respiração ainda arquejante para dizer que os amigos corriam perigo de vida.

– *Per Dio*, Celso – interrompeu o avô, sem atinar com a importância da informação. – *Tua mamma ti chiama...*

O garoto pediu ao avô que se acalmasse, porque agora precisavam de ajuda para salvar a turma e o seu Miguel, senão...

– Senão...? – indagou o delegado, afrouxando o nó da gravata.

– ...vão virar picadinho de gente – concluiu o Celso, engolindo em seco.

O delegado então sacou do bolso do paletó um caderninho e pediu:

– Meconteessahistóriadireito, Celso.

Embora aflito com a situação, ele entendeu a frase matraqueada pelo doutor Rui. Sentou-se no sofá mais próximo, ao lado de Aninha, e começou:

– O Zé Roberto e toda a turma estão correndo perigo.

Dona Marta, a mãe do craque do Santa Rita Durão, avançou, impaciente:
– Que perigo? Que negócio é esse? – exaltou-se, com os olhos assustados.

O delegado pediu calma a todos, do contrário teriam de deixar o local das investigações. Celso continuou:
– O português foi sequestrado por um bandido, que está com dois ajudantes. Estão num esconderijo aqui embaixo... num túnel... – disse, apontando para a biblioteca.

O delegado apenas interrogou:
– Temcerteza, menino? Issotudotáparecendofrutodaimaginaçãodessagurizada...
– Mas tem uma passagem secreta... – insistiu ele, apoiado por Aninha.
– Voçêandaassistindomuitofilmedeação é? Do tipo Indiana Jones, James Bond... e lendo histórias de aventuras?
– Adulto não acredita em nada mesmo, hein?! – desabafou Aninha.

O delegado replicou:
– Voçêandamassistinotevisãodemais!
– O que o senhor disse? – perguntou Aninha.

Dona Marieta traduziu:
– Vocês andam assistindo televisão demais.

O ambiente na sala estava ficando conturbado. As pessoas começaram a falar simultaneamente. Ninguém entendia ninguém.
– Eu quero meu filho!
– Onde estão os outros meninos?
– O que estão aprontando desta vez?
– Silêncio! – gritou o delegado.

A mãe do Zé Roberto começou a passar mal. Um dos policiais falou:
– Desse jeito vocês só estão piorando as coisas...

– Ah, é? Não é o filho de vocês que está lá no túnel sendo ameaçado por uma quadrilha, né?

O delegado acendeu outro cigarro e finalmente se decidiu. Apontou para Celso e ordenou:

– Mostre a tal passagem secreta então!

Os dois rumaram para a biblioteca, seguidos pelo doutor Rui e pelo cortejo de mães e policiais, além do seu Giuseppe. Lá, diante das estantes afastadas, Aninha falou, com jeito de menina travessa:

– Fui eu que encontrei, né, Celso?

O garoto riu, confirmando, e emendou:

– Por favor, seu Rui, o senhor precisa agir rápido. Estão quase executando o seu Miguel lá embaixo.

– Eutenhoquasetrintaanosdeprofissão, menino! Nãovenhaquerermeensinaroqueeudevofazer – ralhou ele, mordiscando o cigarro no canto da boca.

Depois dessa bronca, convocou seus policiais e seguiram todos em direção ao túnel. Os meninos tentaram segui-los, mas foram barrados.

– Vocêsficamaqui! – ordenou, com sua autoridade.

– Mas eu tenho que mostrar o caminho, delegado. Afinal de contas, fomos nós que encontramos o túnel.

O delegado mascou outra vez a ponta do cigarro, o que sempre fazia quando ficava embatucado com algum argumento contrário aos seus pensamentos.

– Ok... mascefica! – disse, apontando para Aninha.

Embora não tivesse entendido lhufas, ela imaginou o significado daquela frase. A certeza veio com a tradução de dona Marieta:

– Ok, mas você fica!

– Tá bom – concordou ela, para não tumultuar ainda mais aquela ação de resgate. – Vou ficar tomando conta da passagem. Se algum bandido tentar sair por aqui, eu taco aquele livro na cabeça dele – concluiu, apontando para um antigo exemplar de *Os Sertões*, de Euclides da Cunha.

Com isso, Celso, o delegado e os policiais sumiram pela passagem, para tentar salvar a pele do prisioneiro e dos meninos da rua Santa Rita Durão.

O encontro

Ninguém ali na boca do túnel sabia o que fazer para salvar o português do cativeiro.

– Não podemos ficar aqui esperando tudo acontecer... – reclamou Marina.

Zé Roberto estava com a atenção voltada para outro lado:

– Psiu! Escutem só!

Todos se calaram, mas não conseguiram ouvir nada além do silêncio e da própria respiração ecoando pelo túnel.

– O que você ouviu, Zé? – perguntou seu Quem-Quem.

– Nada. Não estou ouvindo nada.

Todos estranharam.

– Tá pirado, cara? – reclamou Edu, exasperado. – Isso é hora para brincadeiras?

– Vocês não estão entendendo.

– Entendendo o quê?

– Esse silêncio quer dizer que não tem mais ninguém na sala junto com o portuga. Os bandidos devem ter saído por outra porta!

– E o que você está pensando fazer? – perguntou o picolezeiro.

– Vocês me esperam aqui. Vou ver se consigo resgatar o velho.

Seu Quem-Quem quis ir junto.

– Não – protestou o menino. – É melhor o senhor ficar aqui. Se eu estiver em perigo, vou gritar e aí vocês aparecem.

– Cuidado, rapaz! – suspirou o picolezeiro, apertando as mãos nervosamente.

Zé Roberto empurrou a porta e deslizou para o interior da saleta. Com o maior cuidado, esperou o suficiente para ter certeza de que não ouvia mesmo nenhum ruído da sala ao lado. E entrou.

73

A sala era um pouco maior do que a anterior, mas tão suja e nauseabunda quanto a outra. Havia um pequeno ventilador junto à parede, e uma veneziana pequena indicava a presença de um duto de ventilação. Sobre uma mesa, dessas de botequim, havia um recorte de revista e uma garrafa de água.

Ao ver o vizinho entredormido, completamente amarrado, Zé Roberto não pôde deixar de sentir pena daquele homem que até fora o monstro que aterrorizava a garotada da rua.

Aproximou-se lentamente e tocou o braço do portuga.

– Seu Miguel!

O homem despertou sobressaltado:

– Você?

Instintivamente, o garoto pousou a mão na boca dele, indicando que a situação exigia silêncio.

– Não fale alto, por favor. Vim tirar o senhor daqui!

Antes de começar a desamarrá-lo, o rapaz deu dois passos em direção à porta, preocupado com o possível retorno dos bandidos. Ao passar pela mesa, reparou no recorte da revista:

– Esse botão...

Sim, era o mesmo botão que havia arrancado do jardim do casarão. O que significava aquilo? Será que a florzinha tinha a ver com todo aquele transtorno?

– Depressa! – pediu o portuga, com uma voz fraca. – Eles podem voltar a qualquer momento...

O garoto desviou o olhar para o português e se atirou ao trabalho de livrá-lo das cordas. Mas, quando desatava o último nó, Roberval e Chuvisco apareceram na porta.

– Quem é você? – perguntou o sequestrador, brandindo um revólver.

Zé Roberto tentou gritar, mas sua voz não saiu.

Enquanto isso, no cativeiro...

No chão, ao lado do portuga, Zé Roberto tentava em vão se desfazer dos nós que prendiam seu punho. Os dois malfeitores ainda confabulavam no canto.

– O senhor poderia me explicar o que está acontecendo? – murmurou o menino a seu Miguel.

Quase sem forças para falar, o velho resumiu a história do botão de *Desiderata* até o ponto em que sua casa fora invadida e ele, capturado pelos facínoras.

– Tudo isso por causa de um botão? – admirou-se o garoto.

– É o último da espécie! Uma raridade que vale um dinheirão!

Quem diria! E ele havia arrancado a flor do jardim do casarão como se fosse uma plantinha qualquer. Se escapassem com vida daquela encrenca, ele não sobreviveria à fúria do seu Miguel quando o portuga ficasse sabendo daquilo.

– O senhor sabia que seu jardim foi destruído por esses loucos? – perguntou, com certo receio, Zé Roberto.

– Infelizmente eu já sei... – respondeu ele com uns olhos marejados.

Depois de um breve silêncio, perguntou ao menino:

– Como foi que você me encontrou aqui?

Foi a vez de Zé Roberto contar a história da bola que havia caído no jardim, permanecendo lá por três dias. Depois, falou dos canteiros destruídos, da descoberta da passagem secreta...

Enquanto isso, a conversa dos dois raptores parecia ter chegado ao fim. O comparsa de Roberval empunhou a arma e apontou-a para Zé Roberto, rindo cinicamente:

– Adeus, moleque atrevido!

– E então? – perguntou, impaciente, um dos policiais. – É esta a porta que leva ao cativeiro?

Não era. Agora Celso tinha certeza.

Não podiam perder mais tempo. E o garoto não conseguia se lembrar do caminho. Com que cara ia confessar isso aos policiais?

– Não. Eu me enganei...

– Como? – perguntou o delegado, ainda exasperado. – Enganousecomo?

– Vamos voltar até aquela última virada que fizemos... – disse o garoto, com humildade. – Me desculpem, estou um pouco nervoso e acho que me confundi.

Para sua surpresa, o delegado trocou olhares urgentes com seus soldados, e falou:

– Vamoslogoentão! Vamosvoltar. Nãopodemosperdermaisuminstante... – disse, dando dois passos para a frente.

Junto à porta com grades de ferro, o grupo continuava indeciso: avançar ou esperar um sinal de Zé Roberto? Mas o sinal estava demorando.

Pedrão, Edu e Marina sussurravam, olhavam uns para os outros e nada de se decidir. Estavam apavorados com o fato de enfrentar bandidos de verdade, mas também os incomodava a ideia de estarem sendo covardes, deixando de ajudar um amigo em apuros...

Zé Roberto fechou os olhos e pensou nos amigos. Ele poderia gritar para chamar a atenção. Mas aí colocaria em risco também a vida deles... Estava dividido entre o silêncio e a ação.

– Adeus, moleque abelhudo... – repetiu Chuvisco, o capanga de Roberval.

– Anda logo, seu paspalho! – apressou o chefe. – O tempo se esgotou...

Tião, o outro capanga, assestou a mira na direção do garoto, dizendo:

– Deixem comigo: Um, dois e...

Então, no fundo da sala, um ruído seco estalou junto à porta por onde costumavam transitar, seguido de uma voz de comando:
— Parem todos!
Os três bandidos se detiveram, surpresos. Seu Miguel teve um sobressalto e Zé Roberto abriu os olhos outra vez.

Colados à entrada, Pedrão, Marina e Edu ouviram um grito ecoando por todas as paredes e cavidades do túnel.
— O que será que foi? — perguntaram-se.
— Um grito — respondeu Marina. — Ai, meu Deus!
— Não é a voz do Zé Roberto...
— Agora vamos entrar! — comandou Pedrão, decidido. — Chega de esperar! Agora é tudo ou nada!
Edu saltou à frente mas tropeçou em uma barra de ferro e foi ao chão. Pedrão e Marina, que vinham atrás, saltaram sobre seu corpo com agilidade para não cair.

Celso havia conseguido conduzir o delegado e os policiais até aquela primeira bifurcação, onde, no início de tudo, Aninha havia decidido entrar à direita.
No entanto, o delegado agora estava esbaforido. Suava em torrentes e vinha ficando para trás durante os últimos metros. Havia perdido a forma para aquele tipo de extravagância. Talvez fosse hora de pensar na aposentadoria... de se dedicar apenas à leitura de novelas policiais. Então lembrou-se de seus heróis, um a um. Sherlock Holmes, o maior de todos. Ele o inspirara a tornar-se investigador, e depois delegado. E tinha também o Hercule Poirot. E o comissário Maigret. E os americanos, Sam Spade e Lew Archer... Ufa! Ele mal conseguia respirar. Além de tudo, havia o velho pulmão castigado pelo tabaco. E mais o ar viciado daquele túnel sem fim...
— Por onde vamos agora? — perguntou a voz de um dos policiais, interrompendo seus pensamentos.

O garoto também estava tonto. Ajoelhou-se no chão barrento, muito cansado. Será que conseguiria reencontrar o caminho?

Rebuliço no antro

Os cinco – Roberval, Tião, Chuvisco, seu Miguel e Zé Roberto – olharam quase simultaneamente para a porta de onde havia partido o grito. Zé Roberto não conseguiu dominar seu espanto:

– Você?! E que arma é essa na sua mão?

Roberval reagiu rápido:

– Baixe essa arma imediatamente se não quiser se machucar!

– Não, Roberval! Não se mexam! Estão presos. Chuvisco, jogue essa arma agora – gritou o novo visitante do cativeiro.

– Mas o que é isso? – insistiu Roberval, exasperado. – Você não tem nada com isso aqui, não foi convidado. Caia fora, seu abelhudo!

Zé Roberto não conseguia acreditar no que estava vendo. Quem havia chegado de surpresa, armado, e rendido os três bandidos com voz de comando era ninguém menos que seu Quem-Quem.

O picolezeiro sorriu ao ver Chuvisco colocar a arma no chão e levantar os braços, seguido por Tião. Eram mesmo uns covardes. Todos os fora da lei eram covardes.

– Que crápula você é, Roberval! Contrabandista de bichos em extinção! Pirata! Ladrão de espécimes raras! Você sabia que é procurado em vários países como traficante de peles e sequestrador? É um prato cheio para a polícia internacional. Mãos para cima, os três!

– Então você, seu parvo, é um caçador de...

– Não! Não sou caçador de recompensas. Sou investigador da polícia, com muito orgulho, Roberval. Eu sigo o rastro de párias como você. E infelizmente vocês são muitos.

– Seu idiota! – resmungou Roberval, fazendo cara de criança contrariada.

– E não venha com beicinhos de choro desta vez.

Nesse momento a porta se abriu com um estrondo e Pedrão se atirou para dentro do cubículo. Logo atrás, saltaram Marina e Edu. Eles não poderiam imaginar o que estava acontecendo.

Por um momento, seu Quem-Quem se distraiu. Foi o suficiente para que Chuvisco se abaixasse e recuperasse a arma. E, com uma rapidez ainda não vista até o momento, Roberval – mostrando o quanto era realmente perigoso – saltou sobre seu Quem-Quem, prendendo-lhe o braço.

– Jogue a arma – gritou. – Senão alguém aqui vai sair machucado.

Com receio de um acidente, como uma bala perdida que viesse a atingir seu Miguel ou um dos meninos, seu Quem-Quem se rendeu e a largou no chão.

"Estamos completamente perdidos agora", pensou Zé Roberto.

O delegado Rui Macedo encontrou uma pedra para se sentar, diante da encruzilhada no túnel.

– Vãovocêssozinhos. Sigamemfrente – disse.

– Como assim? – perguntou um dos soldados.

– Eunãoestoupassandobem...

Celso suspirou aliviado. Imagine se ele errasse outra vez o caminho? Aquele pequeno incidente lhe daria tempo para pensar um pouco mais e tentar se recordar da direção correta.

– De jeito nenhum, doutor Rui – disse o garoto. – Nós não o deixaremos sozinho. Se o senhor ficar, nós ficamos todos, até o senhor se recuperar...

– Ufa! – deixou escapar Celso. Desta vez não seria mais obrigado a apontar nenhum caminho.

Quando Roberval virou-se para apanhar a arma de Tião, foi Chuvisco quem se distraiu. Um piscar de olhos, não mais do que isso.

Mas foi o suficiente para seu Quem-Quem girar o braço inesperadamente. Jogando-se de lado, num golpe calculado, desequilibrou Roberval com um safanão e libertou-se. Depois, rápido como uma faísca, chutou o braço de Chuvisco. A arma disparou por acidente, acertando Tião, que caiu para trás. Outro golpe do picolezeiro fez o revólver voar das mãos de Chuvisco.

Edu, atento, saltou e segurou-a antes que caísse ao chão.

Do outro lado da saleta, Pedrão mergulhou e apanhou a arma de Tião antes de Roberval. O bandido tentou chutar-lhe o braço. Uma luta iria começar. Iria.

Mas seu Quem-Quem levantou a voz outra vez:

– Todo mundo quieto!

– Muito bem, seu Quem-Quem! – exclamou, admirado, Zé Roberto, abrindo a boca pela primeira vez depois que o bafafá havia começado naquele antro.

– Vamos, eu já tô melhor – disse o delegado Rui, levantando-se num ímpeto.

– Tem certeza? – murmurou, inseguro, um dos policiais.

– Clarojámerecupereicompletamentetôpronto! – esbravejou o velho paladino da lei.

– Hein?!

O investigador respirou fundo e tentou traduzir, com mais calma:

– Claro! Eu já me recuperei completamente e tô pronto! Vamos, seus molengas!

A prisão

Seu Quem-Quem nem de longe parecia o pobre e fraco picolezeiro da rua Santa Rita Durão. Apontando a arma, ordenou a Roberval e Chuvisco que ficassem lado a lado no canto da sala.

– Edu e Pedrão, desamarrem os prisioneiros – continuou ele. – E amarrem os bandidos.

– Mas que sorte... – balbuciou o portuga, esgotado. – Quase passamos desta para a melhor.

– Quem vai ter uma vida melhor são esses dois pilantras – respondeu o picolezeiro. – Na cadeia!

Seu Quem-Quem estava com a voz mudada e a postura mais ereta. E a agilidade que demonstrara era uma coisa que ninguém ainda tinha entendido.

– Uai, quer dizer que o senhor...? – ia começando Zé Roberto, assim que Pedrão desatou o último nó que prendia seus braços.

– Não, não sou picolezeiro, Zé Roberto.

– Pode explicar melhor essa história de investigador?

– Sou investigador do Departamento de Crimes Ambientais – esclareceu ele. – E estava investigando o movimento suspeito em torno desse casarão faz alguns meses. Queria botar a mão nesse trio. E agora ainda tivemos um banquete completo: sequestro, cárcere privado, ameaça de morte...

Nesse momento, novamente a porta se abriu e Celso entrou na sala aos berros:

– Calma, gente! Eu trouxe reforço. Agora está tudo sob controle.

Rui Macedo ordenou que os dois bandidos fossem algemados. Tião levantou-se vagarosamente, segurando o braço ferido.

– Essa foi por pouco! – disse ele.

– Tá tudo bem? – perguntou o delegado.

– Tudo certo – confirmou Tião, que, como os meninos acabavam de descobrir, era um policial infiltrado na quadrilha de Roberval. – O tiro pegou de raspão no braço, mas o ferimento já parou de sangrar.

– Precisa de ajuda?

– Não, eu posso andar sozinho. Sou um homem de fibra, doutor – completou sorrindo.

– Ótimo! E o senhor, seu Miguel? – disse ele, voltando-se para o português. – Tá bem?

– Estou, senhor delegado. Depois do que passei nesses últimos dias, qualquer inferno é refresco.

– Essesbandidossãomuitoprocurados – disse o delegado, voltando à sua agitação costumeira.

Celso, que aprendera a entender aquela fala metralhada, traduziu:

– Esses bandidos são muito procurados.

– A culpa toda é desses moleques! E desse traidor infame... – concluiu Roberval, olhando com raiva para Tião. – Se não fossem eles, eu teria conseguido o botão...

– Não teria, não! – respondeu Zé Roberto, desafiadoramente.

– Como assim, ó gajo? – espantou-se o portuga.

O garoto apontou para o surrado recorte sobre a mesa e explicou:

– Quando a bola caiu no seu jardim, eu pulei o muro para pegá-la. E fui encontrar nossa pelota ao lado de um botãozinho... Este aqui, ó!

Os olhos do Portuga estavam cada vez mais arregalados. O garoto entregou o recorte ao delegado e continuou:

– Pensando que uma plantinha minúscula daquelas não ia fazer falta, eu arranquei e replantei o botão no nosso campinho...

Zé Roberto não conseguiu terminar a frase, pois o portuga foi ficando pálido, cada vez mais pálido, e por fim desmaiou.

– Seu Miguel! – exclamou Marina, correndo para socorrê-lo.

O delegado indicou aos policiais que levassem os prisioneiros pelo túnel em direção à saída.

– As fotos das fichas policiais desses elementos vão ficar lindas! – finalizou o doutor Rui, rindo à solta.

Um certo senhor Éverton

Ao saírem pela passagem secreta, todos estavam esgotados de cansaço. O dia fora infernal. Os garotos saíram na frente, direto ao encontro dos pais. O avô de Celso recebeu-o, pela primeira vez, como herói.

Àquela altura, os dois sequestradores já estavam na delegacia, levados pelos policiais. Doutor Macedo cumprimentou os presentes e despediu-se rapidamente, não sem antes receber os cumprimentos e os elogios pela pronta resolução do caso. Depois, rumou direto para a delegacia para formalizar a prisão de Roberval e Chuvisco. Dizia-se que sua atuação havia sido decisiva.

Ele certamente seria condecorado. E promovido. Pensando bem, não iria se aposentar tão cedo...

Seu Quem-Quem conseguiu escapulir sem ser visto, para frustração dos garotos, que queriam conhecer a sua história. Que homem incrível!

Naquela noite, os garotos dormiram de fazer inveja às pedras. Seu Miguel sonhou com sua terra natal, de grandes navegadores e poetas, com orquídeas raras e com jardins infinitos, cheios de flores.

Difícil acreditar que Zé Roberto e companhia conseguiram se concentrar nas aulas da manhã, ansiosos por voltar ao campinho e ao casarão. Desta vez, entrariam na mansão do portuga pela porta da frente, como bem lembrara o Celso.

Na volta da escola, Edu e Pedrão passaram na Marechal Deodoro e confirmaram a realização de uma partida no sábado, na Arena Durão. Na despedida, o líder dos adversários sorriu e provocou:

– Nós vamos trucidar vocês!

Os dois não disseram nada. Mal sabiam eles que os garotos da rua Durão estavam loucos para vingar o roubo do carrinho de picolés do seu...

Por falar em seu Quem-Quem, que fim teria levado ele?

Duas horas depois, o portuga recebeu os meninos em sua casa com um generoso café da tarde. Pães, bolos, salgadinhos, sucos, queijos e até pasteizinhos de Belém, encomendados na confeitaria de um conterrâneo seu. Uma fartura. Depois, descansaram um pouco e conversaram. Pareciam amigos de uma vida toda.

84

Ainda estavam à mesa quando Zé Roberto olhou pela janela e se deparou com o jardim ainda revirado. O garoto disse:
– Uai, seu Miguel, nós queremos começar a trabalhar logo...
– O quê, meninos?
– Vai me dizer que o senhor também não está ansioso para começar a reconstruir o jardim?
– O pá, mas é claro!
– Nós estamos aqui para ajudar – disse Celso. – O senhor dá as instruções e nós executamos as tarefas. Carregar terra, limpar os canteiros, transportar água, o que o senhor precisar...
Ele quase perdeu o fôlego:
– Eu não estou a acreditar no que ouço...
– Pois acredite! – reforçou Marina, pousando a mão suavemente no braço de Zé Roberto.
Do outro lado da mesa, Aninha fez o mesmo gesto. Só que no braço de Celso. Meninada decidida!
– Vamos, seu Miguel? O que é que o senhor está esperando? Queremos ver o jardim ficar bonito de novo! – exclamou Aninha.

A manhã de sábado veio encontrar os canteiros do casarão quase todos reconstruídos. As espécies que estavam em vasos ficaram organizadas novamente, em prateleiras e estufas.

Os meninos haviam trabalhado até tarde da noite e agora deviam estar no mundo dos sonhos. Como era bonita a vida, pensou seu Miguel, lembrando-se do perigo que correra apenas dois dias antes, numa sala subterrânea.

Deu meia-volta e caminhou até o canteiro mais importante de todos. Pôs-se de cócoras e acariciou suavemente a terra molhada onde havia sido replantado o botão de *Desiderata* que Zé Roberto trouxera de volta.

Como a vida era maravilhosa, pensou ele mais uma vez, agradecendo aos céus por ter ido morar ali, naquele pedaço da cidade.

85

Os meninos se encontraram na Arena Durão uma hora antes do horário marcado para o grande jogo. Tinham adotado esse costume desde a primeira vitória histórica contra os adversários da rua Marechal Deodoro.

Aquilo sempre dava sorte.

Ficavam ali agachados, confabulando, escolhendo a melhor escalação e discutindo as táticas para vencer os rivais. Era coisa séria. Tanto que, compenetrados na discussão, não perceberam a aproximação de um sujeito elegante e bem-apessoado, vestindo um abrigo esportivo azul e branco.

– Boa tarde, meninos! Estou atrapalhando?

– Não – respondeu Celso, distraído, mas ao mesmo tempo contrariado com aquela xeretice.

– Obrigado, Celso! Vamos ver se hoje sai mais uma vitória daquelas, hein?

O garoto ia se voltar para o grupo, mas... Como é que aquele estranho sabia seu nome?

Ao mesmo tempo, Juca e Pedrão também se calaram e arregalaram os olhos.

– Quem é esse moço? – perguntou Edu.

– Uai, parece alguém que eu conheço... – disse Zé Roberto.

Mas não podia ser. Ele tinha alguma coisa familiar, mas devia ser coincidência. Os cabelos loiros penteados de lado, a barba bem aparada, o sorriso aberto de dentes perfeitos e a postura confiante... Pensando bem, não era conhecido.

Pedrão levantou-se, coçando a cabeça, olhando o homem na altura do rosto. Aqueles olhos eram conhecidos de algum lugar. Sem perceber, deixou escapar:

– Seu Quem-Quem?!

Todos foram se levantando, quase ao mesmo tempo. Boquiabertos. Estupefatos. Que transformação era aquela? Tanto que alguns ainda repetiam seu nome, incrédulos:

– Seu Quem-Quem?!

86

– Podem me chamar de Éverton – respondeu o falso vendedor de picolés.

Lá estava ele agora, rodeado por caras de interrogação.

Sem perder o sorriso, ele contou que desde criança gostava de aventuras e histórias de mistério. Havia fugido de casa quando adolescente para acompanhar um circo que fazia turnês pela América do Sul. Aprendera mil e um truques, mágicas e malabarismos. Mas, principalmente, disfarces. Isso fora muito útil quando, alguns anos depois, decidiu entrar para a polícia e participar da investigação de crimes ambientais.

– Éverton, seu disfarce de picolezeiro foi realmente incrível! – disse Pedrão.

– Então lá no túnel a gente estava protegido o tempo todo e não sabia? Você nos acompanhou para nos proteger? – sorriu Marina.

– Não. Eu não imaginava que iríamos encontrar tudo aquilo – explicou, sério. – Nós corremos perigo de verdade.

Os garotos estavam tomados por um silêncio de admiração. Aí Zé Roberto perguntou:

– Quer dizer que seu Quem-Quem não vai reaparecer mais e nem precisar do carrinho?

– Bem, meninos... – recomeçou Éverton. – Eu também vou sentir saudades dele. E de vocês...

– O quê?

– Fui escolhido pela minha delegacia para fazer uns cursos de aperfeiçoamento na Bélgica. Mas daqui a alguns meses vou voltar para vocês me ensinarem a jogar futebol...

– Maravilha! – saudou Andrezão, o perigoso atacante da Rua Durão. – Vamos bater uma bola legal...

– Uai, vê se volta mesmo... – cobrou Zé Roberto.

– Seu Quem-Quem, quem diria... – exclamou o Inferno na Torre.

– Agora quero abraçar vocês um a um e dizer que vou estar aqui na torcida, gritando até perder a voz.

O tira-teima

Fim do aquecimento dos times. O juiz encaminhou-se para o centro do gramado para dar início ao combate. A rua em peso havia tomado as margens do campinho para torcer pelos valentes meninos da rua Durão. Até algumas bandeiras com as mesmas cores da camisa do time começaram a surgir aqui e ali.

Seu Miguel havia prometido torcer, mas acabou ficando em casa. Ia aproveitar para dar os últimos retoques em seu jardim.

O primeiro tempo do jogo foi truncado. Batalha difícil. Aquele clássico já estava ganhando ares de Brasil contra Argentina. Jogo fechado, cheio de cuidados e respeito.

– Támaisprajogodexadrez... – comentou o delegado Rui Macedo, soltando suas baforadas do alto de uma espécie de tribuna de honra.

O árbitro já estava de apito na boca para anunciar o intervalo quando o Juca perdeu a bola na intermediária, dando vez a um contra-ataque do inimigo. E contra-ataque deles era mortal.

Os dianteiros vieram ciscando, avançaram trocando passes em velocidade. Envolveram a defesa e a bola foi parar no fundo da rede.

– *Disgraça*! – xingou dona Marieta, quase atingindo com um soco o chapéu de feltro do marido.

A torcida estava calada há algum tempo. O time da rua Durão não se entendia em campo. Errava os passes. Com a confirmação do gol, o apito soou, indicando o fim do primeiro tempo. Cada time foi descansar em seu canto próprio, à sombra do muro.

Zé Roberto, como líder da equipe, primeiro procurou acalmar a todos. Depois, soltou o verbo, para sacudir o orgulho ferido dos companheiros:

– Seus patifes! Nós enfrentamos bandidos armados faz tão pouco tempo. Será possível que vamos deixar esses moleques saírem rindo de nós? Vamos dar esse gostinho a eles, *sô*? Cadê a nossa raça, a nossa garra, o nosso sangue?

Voltaram, de cabeça erguida, dispostos a mudar a história.

Juca e Pedrão disputavam cada palmo de grama com os inimigos. Celso atirava-se com mais vontade ainda nas defesas. Evitou dois gols dos "argentinos", tocando a bola para escanteio com a ponta dos dedos.

Em certo momento, Edu lançou para Zé Roberto pela meia-esquerda. Ele aparou a bola na corrida e partiu para cima da defesa. Driblou um, escapou do segundo, limpou mais um e...

– Falta! – gritou a torcida em coro, antes mesmo de Zé Roberto aterrissar na grama, vítima de uma formidável botinada, ou melhor, chuteirada.

Ele mesmo ajeitou a bola. Bateu com categoria, de três dedos, vencendo o goleiro. Um a um! A galera veio abaixo.

Mais cinco minutos e Edu carimbou a trave num contra-ataque armado por Pedrão. Era assim: ataque pra cá, perigo pra lá. Celso, no gol, defendia, encaixava, espalmava... As bolas paravam todas nos seus voos certeiros.

De repente, num ataque do time da rua Durão, Robério foi encobrir o goleiro adversário e encobriu também o muro do casarão. E lá se foi a bola na direção daquele famoso jardim do lusitano.

Silêncio total.

Jogo acabado.

Alguém se atreveria agora a saltar o muro ou a pedir a bola?

Mas não precisou.

A cabeça do seu Miguel brotou detrás do muro, com uma expressão enfezada:

– Vamos lá, ó malta! Vamos ganhar essa peleja!

E atirou a bola de volta.

Era o que faltava. Aí ninguém mais segurou o time da rua Santa Rita Durão.

– *Per la Madonna!* – gritou o velho Giuseppe. – Agora tocaram fogo no campo...

Os meninos foram adiante e liquidaram o adversário. A bola

correndo de pé em pé sempre encontrava um atacante incansável, um volante inspirado ou um zagueiro valente com a camisa da rua Durão. Logo já estava três a um. Quando fizeram o quarto gol, a torcida começou a cantar:

É canja! É canja!
É canja de galinha!
Arranja outro time
Pra jogar com a nossa linha!

– É mesmo! – disse o pai do Juca, orgulhoso. – Tá na hora de a gente arrumar uns adversários melhores...

O pessoal da Marechal Deodoro fez o segundo, no finzinho. Mas em outra arrancada fulminante, Zé Roberto fez o quinto, selando a humilhante goleada.

E assim chegou abril

A noite chegou em ritmo de festa. Era o primeiro dia do novo mês. Ou melhor, a primeira noite. A Lua despontou detrás das nuvens, iluminando o bairro com sua luz sobrenatural.

Uma brisa de outono refrescava os terraços e os quintais. Talvez fosse chover em pouco tempo.

Os meninos ainda não haviam voltado para casa. O dia seguinte era domingo. A discussão sobre o jogo e seus melhores lances parecia interminável. Quem sentia sono, fome ou cansaço àquela altura?

Seu Miguel surgiu ao lado do muro e os chamou para entrar.

– É tarde, seu Miguel. A gente já tá indo para casa...

– Não, só quero mostrar uma coisinha para vocês. É rápido.

Entraram para o jardim. Foram até os canteiros que eles mesmos haviam ajudado a reconstruir.

– Que mistério temos agora, seu Miguel? – perguntou Juca, atrevido.

Ele não precisou dizer nada.

Aproximaram-se do canteiro mais importante. Um a um, formaram um pequeno semicírculo em torno dele.

Alguma coisa muito importante estava para acontecer.

Ali estava o botão de *Desiderata* que haviam replantado. Não, não era mais um botão. Estava se transformando. Em alguns momentos, começaria a se abrir.

Viraria a flor mais esperada do mundo.

A flor mais linda da noite. A última de sua espécie, a mais importante. Um tesouro.

A última flor de abril.

Sobre os autores

Nasci em Belo Horizonte (MG), mas resido em Ribeirão Preto (SP) há mais de vinte anos. Sou casado com a Elisa e temos três filhos, Fernanda, Clarissa e Pedro Alexandre. Sou escritor, autor de mais de setenta obras.

Comecei minha carreira na literatura escrevendo crônicas para jornais, que foram depois publicadas nos livros *Que azar, Godofredo!* e *O vendedor de queijos*, ambos da editora Atual. Depois, vieram os livros infantis, juvenis e também os adultos.

Além de escrever, sou também professor de literatura brasileira e portuguesa. Ou seja, a literatura é o meu prazer e o meu ganha-pão, e devo a ela tudo o que consegui até hoje.

Em conversas com professores e alunos do Brasil, noto que o interesse pela literatura cresce cada vez mais. Costumo dizer que mais importante que escrever é ler! É formando leitores que teremos um país melhor, com pessoas mais conscientes. É por isso que escrevo.

Dizem que escrever é um ato solitário, mas nem sempre é assim. Este livro, por exemplo, é uma parceria com um amigo de longa data.

A turma do livro é muito parecida com a da minha infância... Tive uma infância muito boa, daquelas de moleque: joguei futebol no campinho marcado com riscas de tijolo, empinei papagaio até anoitecer; andei de carrinho de rolimã (ainda existe isso?); tomei banho de chuva; além de ter meu nome sempre marcado no caderninho surrado de um certo picolezeiro...

Alexandre Azevedo
alexandreazevedo65@hotmail.com

Meu primeiro contato com os livros foi quando eu ainda era menino em Itapeva (sp), minha cidade natal. Nos intervalos entre a escola, os passeios e os jogos de futebol no campinho da esquina, descobri novas aventuras na estante da sala de casa. Foi lá que conheci Robinson Crusoé, os três mosqueteiros, Alice, Robin Hood, o Sítio do Pica-pau Amarelo, a Terra do Nunca, o País das Maravilhas e outros lugares e heróis fantásticos.

Perto dali havia dois campinhos parecidos com o da rua Durão. Infelizmente nenhum sobreviveu ao progresso urbano, mas escrever *A última flor de abril* me deu oportunidade de reviver as pelejas acirradas nas arenas de futebol da minha infância.

Aos vinte anos saí de Itapeva e fui trabalhar em outras cidades. Moro atualmente em Brasília. Sou casado com a Ana Lucia e tenho dois filhos, o Guilherme e a Thaís.

O futebol e a aventura já foram para as páginas de alguns dos meus dezoito títulos publicados, vários deles pelas editoras Atual e Saraiva, mas este tem de especial o fato de ter sido escrito em parceria com o Alexandre Azevedo, amigo de muito tempo e pai da minha afilhada Clarissa.

Os livros continuam me acompanhando em minha carreira de analista de TI (tecnologia da informação) no Banco do Brasil. E me proporcionam momentos de diversão, alegria, emoção, formação e conhecimento. Eles sempre nos fazem pessoas melhores.

Carlos Augusto Segato

Sobre o ilustrador

Nasci em Goiânia (GO) em 1974, numa época em que a cidade ainda era cheia de campinhos. Passava as tardes brincando de bola, andando de bicicleta e desenhando. Nunca parei de desenhar e assim acabei virando ilustrador.

Quando comecei, mal sabia que isso era uma profissão. Justamente por isso, junto com outros colegas, fundei a Associação Brasileira dos Ilustradores Profissionais (Abipro), que tem como um dos objetivos orientar quem deseja seguir nessa área.

Atualmente moro em São Carlos, interior de São Paulo, com minha esposa Roberta, minha filha Morgana e nossa *poodle* Manuela, e sigo ilustrando livros, revistas e jornais.

Para conhecer mais sobre o meu trabalho como ilustrador, visite o *site*: <www.eldes.com> ou <www.facebook.com/Eldes.Ilustrador>.

Eldes

COLEÇÃO JABUTI

4 Ases & 1 Curinga
Adeus, escola ▼◆📖☒
Adivinhador, O
Amazônia
Anjos do mar
Aprendendo a viver ◆⌘■
Aqui dentro há um longe imenso
Artista na ponte num dia de chuva e
  neblina, O ✴★✚
Aventura na França
Awankana ✎☆✚
Baleias não dizem adeus ✳📖✚○
Bilhetinhos ✿
Blog da Marina, O ✚✎
Boa de garfo e outros contos ◆✎⌘✚
Bonequeiro de sucata, O
Borboletas na chuva
Botão grená, O ▼✎
Braçoabraço ▼℔
Caderno de segredos ❑◎✎📖✚○
Carrego no peito
Carta do pirata francês, A ✎
Casa de Hans Kunst, A
Cavaleiro das palavras, O ★
Cérbero, o navio do inferno 📖☑✚
Charadas para qualquer Sherlock
Chico, Edu e o nono ano
Clube dos Leitores de Histórias Tristes ✎
Com o coração do outro lado do mundo ■
Conquista da vida, A
Contos caipiras
Da costa do ouro ▲✚○
Da matéria dos sonhos 📖☑✚
De Paris, com amor ❑◎★📖⌘☒✚
De sonhar também se vive...
Debaixo da ingazeira da praça
Delicadezas do espanto ✿
Desafio nas missões
Desafios do rebelde, Os
Desprezados F. C.
Deusa da minha rua, A 📖✚○
Devezenquandário de Leila Rosa Canguçu ↦
Dúvidas, segredos e descobertas
É tudo mentira
Enigma dos chimpanzés, O
Enquanto meu amor não vem ●✎✚
Escandaloso teatro das virtudes, O ↦☺

Espelho maldito ▼✎⌘
Estava nascendo o dia em que
  conheceriam o mar
Estranho doutor Pimenta, O
Face oculta, A
Fantasmas ✚
Fantasmas da rua do Canto, Os ✎
Firme como boia ▼✚○
Florestania ✎
Furo de reportagem ❑✿◎📖℔✚
Futuro feito à mão
Goleiro Leleta, O ▲
Guerra das sabidas contra os atletas
  vagais, A ✎
História de Lalo, A ⌘
Histórias do mundo que se foi ▲✎✿○
Homem que não teimava, O ◎❑✿℔○
Ilhados
Ingênuo? Nem tanto...
Jeitão da turma, O ✎○
Lelé da Cuca, detetive especial ☑✿
Leo na corda bamba
Lia e o sétimo ano ✎■
Liberdade virtual ✎
Lobo, lobão, lobisomem
Luana Carranca
Machado e Juca ✝▼●☞☑✚
Mágica para cegos
Mariana e o lobo Mall 📖✚
Márika e o oitavo ano ■
Marília, mar e ilha 📖✎✿
Mataram nosso zagueiro
Matéria de delicadeza ✎☞✚
Melhores dias virão
Memórias mal-assombradas de um fantas-
  ma canhoto
Menino e o mar, O ✎
Miguel e o sexto ano ✎
Minha querida filhinha
Miopia e outros contos insólitos
Mistério de Ícaro, O ✿℔
Mistério mora ao lado, O ▼✿
Mochila, A
Motorista que contava assustadoras
  histórias de amor, O ▼● 📖✚
Muito além da imaginação
Na mesma sintonia ✚■
Na trilha do mamute ■✎☞✚
Não se esqueçam da rosa ♠✚
Nos passos da dança

Oh, Coração!
Passado nas mãos de Sandra, O
  ▼◎✚○
Perseguição
Porta a porta ■📖❑◎✎⌘✚
Porta do meu coração, A ◆℔
Primavera pop! ✿📖℔
Primeiro amor
Que tal passar um ano num país
  estrangeiro?
Quero ser belo ☑
Redes solidárias ✿▲❑✎℔✚
Reportagem mortal
Riso da morte, O
romeu@julieta.com.br ❑📖⌘✚
Rua 46 ✝❑◎⌘✚
Sabor de vitória 📖✚○
Sambas dos corações partidos, Os
Sardenta ☞📖☑✚
Savanas
Segredo de Estado ■☞
Sendo o que se é
Sete casos do detetive Xulé ■
Só entre nós – Abelardo e Heloísa 📖■
Só não venha de calça branca
Sofia e outros contos ☺
Sol é testemunha, O
Sorveteria, A
Surpresas da vida
Táli ☺
Tanto faz
Tigre na caverna, O
Triângulo de fogo
Última flor de abril, A
Um anarquista no sótão
Um balão caindo perto de nós
Um dia de matar! ●
Um e-mail em vermelho
Um sopro de esperança
Um trem para outro (?) mundo ✖
Uma janela para o crime
Uma trama perfeita
U'Yara, rainha amazona
Vampíria
Vida no escuro, A
Viva a poesia viva ●❑◎✎📖✚○
Viver melhor ❑◎✚
Vô, cadê você?
Yakima, o menino-onça ♨✍○
Zero a zero

★ Prêmio Altamente Recomendável da FNLIJ
☆ Prêmio Jabuti
✳ Prêmio "João-de-Barro" (MG)
▲ Prêmio Adolfo Aizen - UBE
♨ Premiado na Bienal Nestlé de Literatura
  Brasileira
☞ Premiado na França e na Espanha
☺ Finalista do Prêmio Jabuti
♨ Recomendado pela FNLIJ
✖ Fundo Municipal de Educação - Petrópolis/RJ
✿ Fundação Luís Eduardo Magalhães

● CONAE-SP
✚ Salão Capixaba-ES
▼ Secretaria Municipal de Educação (RJ)
■ Departamento de Bibliotecas Infantojuve-
  nis da Secretaria Municipal da Cultura/SP
◆ Programa Uma Biblioteca em cada Município
❑ Programa Cantinho de Leitura (GO)
✝ Secretaria de Educação de MG/EJA - Ensino
  Fundamental
☞ Acervo Básico da FNLIJ
↦ Selecionado pela FNLIJ para a Feira de
  Bolonha/96

✎ Programa Nacional do Livro Didático
📖 Programa Bibliotecas Escolares (MG)
✍ Programa Nacional de Salas de Leitura
📖 Programa Cantinho de Leitura (MG)
◎ Programa de Bibliotecas das Escolas
  Estaduais (GO)
✝ Programa Biblioteca do Ensino Médio (R)
⌘ Secretaria Municipal de Educação/SP
☒ Programa "Fome de Saber", da Faap (
℔ Secretaria de Educação e Cultura da Bah
○ Secretaria de Educação e Cultura de Vitó